Gabriele d'Annunzio

Terre vierge

Nouvelles

 Le code de la propriété intellectuelle du 1er juillet 1992 interdit en effet expressément la photocopie à usage collectif sans autorisation des ayants droit. Or, cette pratique s'est généralisée dans les établissements d'enseignement supérieur, provoquant une baisse brutale des achats de livres et de revues, au point que la possibilité même pour les auteurs de créer des œuvres nouvelles et de les faire éditer correctement est aujourd'hui menacée. En application de la loi du 11 mars 1957, il est interdit de reproduire intégralement ou partiellement le présent ouvrage, sur quelque support que ce soit, sans autorisation de l'Éditeur ou du Centre Français d'Exploitation du Droit de Copie , 20, rue Grands Augustins, 75006 Paris.

ISBN : 978-3-69082-026-4

10 9 8 7 6 5 4 3 2 1

Gabriele d'Annunzio

Terre vierge

Nouvelles

Table de Matières

TERRE VIERGE	7
LA ZINGARA	11
L'IDYLLE DE LA VEUVE	26
BESTIALITÉ	34
LA MORT DE CANDIA	41
LA CHATTE	51
LE COCHON DE MAÎTRE PEPPE	56
LE DAUPHIN	71
TURLENDANA	75
TOTO	90
MUNGIÁ	95
CINCINNATUS	102
LA GUERRE DU PONT	109
LAZARE	122

TERRE VIERGE[1]

La route s'élançait sous la rage du soleil de juillet, blanche, flamboyante et poussiéreuse, au milieu des broussailles grillées pleines de baies rouges, des grenadiers desséchés et de quelques agaves en fleur. Le troupeau de cochons, faisant irruption dans cette blancheur, soulevait d'énormes nuages de sable ; Tulespre, en arrière, avec un long roseau posé sur tous ces dos noirs chevauchant les uns sur les autres, d'où sortaient de sourds grognements, des cris aigus et les âpres émanations de la chair échauffée ; Tulespre, en arrière, jetait des hurlements arrachés à sa gorge en feu, la face empourprée et tout en sueur ; Jozzo, un mâtin tacheté de noir, la langue pendante, la tête basse, boitait près de lui. Et ils allaient aux chênes de la Fara : les cochons pour se rassasier de glands, Tulespre pour y faire l'amour.

Et ils allaient... Devant San-Clemente Casauria, il y avait un amas de gens de la Ciociaria endormis à l'ombre des arches de pierre ; c'était un amas de corps fatigués, de visages hâlés, de bras et de jambes nus tatoués de bleu ; ils ronflaient fort et de ce charnier vivant, montait une odeur de gros gibier. Au passage du troupeau de cochons, quelques-uns se soulevèrent sur leur coude, Jozzo soufflait ; puis, s'arrêtant sur ses trois pattes, il se mit à aboyer furieusement : les cochons se débandèrent çà et là, avec des grognements aigus, sous les coups de la baguette de roseau ; les gens de la Ciociaria, devant cet assaut imprévu, bondirent sur leurs pieds, pris de peur, tandis que la lumière éclatante blessait leurs yeux encore pleins de sommeil ; et la poussière couvrait tout ce tumulte de bêtes et d'hommes, devant la majesté de la basilique, glorifiée par le soleil.

— Par saint Antoine ! rugissait Tulespre, s'essoufflant à réunir son troupeau, au milieu des injures rageuses des dormeurs. Maudits animaux !

Et il se remit en chemin, au pas de course, tempêtant contre son roseau, contre les pierres, se dirigeant vers la chênaie qui verdoyait au loin, où il y avait des glands, une ombre profonde et les *stornelli*[2] de Fiora.

---

[1] Publié dans *Terra Vergine*, Sommaruga, éditeur, Rome, 1882.
[2] Espèce de mélopée populaire de l'Italie centrale.

*

Fiora chantait à pleine gorge, assise près d'une haie de ronces, tandis qu'autour d'elle les chèvres broutaient, grimpées sur les saillies du terrain ; elle chantait sous les chênes gigantesques, qui se dressaient sur la forte assise de leur tronc et étendaient leurs bras feuillus, chargés de fruits, dans la joie odorante de l'air et de la lumière. Le vent de la montagne pénétrait à travers les branches : un bruissement profond, un frémissement de feuillage, un miroitement des glands couraient dans tout ce peuple végétal. Les cochons s'éparpillaient, se vautrant dans cette abondance, avec des grognements de plaisir : Fiora chantait un *stornello* sur les œillets, tandis que Tulespre, derrière un buisson, encore essoufflé, humait la fraîcheur et la chanson ; et sur toute cette jeune, saine et forte sérénité des plantes, des animaux et des hommes, s'ouvrait le ciel d'outremer.

Tulespre s'était plongé dans l'herbe humide qui, çà et là, était encore intacte : il sentait son sang bouillir, fermenter dans ses veines, comme du moût vierge. Peu à peu, dans cette fraîcheur exquise, la chaleur qui le brûlait s'évaporait par les pores ; les tas de foin envoyaient à ses narines échauffées toute une volupté de parfum ; il entendait dans l'herbe le grouillement des insectes et sentait sur sa peau, dans ses cheveux, le picotement d'étranges corpuscules ; et son cœur palpitait au rythme étrange du *stornello* de Fiora…

Il resta à écouter. Puis, il se mit à ramper sur le sol, comme un jaguar guettant sa proie.

— Ah ! cria-t-il tout à coup, en bondissant sur ses pieds avec un éclat de rire.

Il était trapu, tout en muscles, le poil roux, avec deux yeux d'où jaillissaient la santé, le courage, l'amour.

La chevrière n'eut pas peur : elle fit avec la bouche une grimace moqueuse, indescriptible.

— Qu'est-ce que tu crois donc être ? dit-elle, avec un geste de défi.

— Rien.

Ils se turent ; la Pescare mugissait au loin, derrière un repli de terrain, dans la forêt profonde, au pied de la montagne dénudée.

Mais Tulespre avait toute son âme dans les yeux, et les yeux posés sur cette belle fille, à la peau couleur de cuivre.

— Chante ! s'écria-t-il enfin, avec un frémissement de passion dans la voix.

Fiora se retourna, montrant dans le sourire de sa bouche pourprée la double rangée blanche de ses dents nacrées ; et elle arracha une poignée d'herbe fraîche, qu'elle lui jeta à la face, en un emportement de désir – comme elle lui aurait jeté un baiser. Tulespre frissonna : il sentit l'odeur de la femme, plus aiguë et plus grisante que l'odeur du foin.

Jozzo aboyait, courant de-ci de-là, excité par son maître contre les cochons dispersés.

C'était le crépuscule, chargé de chaudes vapeurs, qui flottaient autour du sommet des montagnes : le feuillage des chênes avait des reflets métalliques sous l'haleine affaiblie de la brise ; des bandes d'oiseaux sauvages traversaient très haut l'air rougeâtre, allant se perdre au loin ; du côté des carrières de Manappello, arrivaient de temps en temps des bouffées de vent imprégnées d'asphalte ; et, de temps en temps aussi, arrivait la dernière chanson de la chevrière, là, au milieu des genévriers d'un bas-fond.

Les cochons traînaient la graisse de leur ventre sur la descente, tout empourprée par les sainfoins en fleur. Tulespre, en arrière, chantonnait le *stornello* des œillets, tendant parfois l'oreille pour qu'un écho de la voix féminine arrivât jusqu'à lui. Tout était plongé dans le silence, mais il sortait de ce silence mille sons indéfinissables et les *Ave Maria* se propageaient d'églises en églises, avec des ondes mélancoliques. Et les arbres d'alentour répandaient des effluves féminines autour de Tulespre amoureux !

Ils débouchèrent tous deux sur la grand'route : de chaque côté les broussailles s'endormaient sous la poussière et une blancheur grisâtre s'étendait devant eux, noyée dans la clarté lunaire ; quelques grognements étouffés et le monotone piétinement des bêtes s'élevaient de la masse obscure du troupeau, – et monotones aussi étaient les cantilènes des charretiers et le tintement des cloches des juments fatiguées, dans cette immense quiétude, fraîche, odorante et lumineuse.

*

Mais le bois fut traître. À la Fara, ce matin-là, les merles sifflaient et les feuilles bruissaient allègrement, sous un ciel tendre, couleur de turquoise, brodé par les branchages enchevêtrés ; dans les gouttes de la pluie récemment tombée, se brisaient mille arcs-en-ciel mouvants.

Et, au loin, des hauteurs de Petranico aux olivettes de Tocco, la campagne sauvage fumait, de nouveau aimée par le soleil.

— Ah ! Fiora ! cria Tulespre en la voyant paraître derrière ses chèvres, en haut du sentier, entre deux haies de grenadiers, hardie comme une jeune génisse.

— Je vais au fleuve, répondit-elle en s'enfonçant avec son troupeau dans les sentiers de traverse.

Et Tulespre entendait le craquement des branches cassées, les courts bêlements dans la descente, la voix de Fiora ; puis un plongeon, une aspersion, un appel, un éclaboussement d'eau… Il laissa ses cochons paître seuls, et se glissa le long du talus, comme une bête en rut.

L'humidité du sol faisait éclater toute une jeune et âpre végétation de troncs, de stipes et de tiges, pareils à des colonnes de malachite, qui rampaient par terre, s'entortillaient avec des enroulements de serpents, s'enlaçaient avec un emportement de lutte, pour gagner un rayon de soleil. Les orchidées jaunes, bleues et vermeilles, les coquelicots sanglants, les renoncules d'or, bigarraient toute cette frémissante verdure, avide de sève ; le lierre et le chèvrefeuille s'élançaient d'un tronc à l'autre, se serraient en d'inextricables volutes autour des écorces ; les baies pendaient en grappes étincelantes des arbustes encore bourgeonnants et, dans l'épaisseur du fourré, quand le vent soufflait, c'était comme une immense tempête, comme une respiration puissante, comme une haleine sortant de poitrines humaines, tandis que d'aigres effluves de sève se répandaient dans l'ombre ; et, dans le triomphe de cette vie végétative, s'épanouissaient deux autres jeunesses, frémissaient deux autres amours, Fiora et Tulespre passaient, se poursuivant, se cherchant…

Ils arrivèrent en bas, près de la Pescare, au milieu des broussailles, des ronces, des orties, des roseaux, avec les vêtements en lambeaux, les pieds et les mains en sang, les poumons dilatés, tout en sueur ; un tourbillon de poussière d'eau les aspergea à l'improviste.

Devant eux, le fleuve se brisait contre les roches en un nuage d'écume, en un merveilleux nuage de blancheur et de fraîcheur, sous l'aridité désespérée de la montagne frappée par la canicule ; l'eau jaillissante s'ouvrait mille chemins à travers les pierres, battait tumultueusement contre la berge, disparaissait sous un banc d'herbes sèches qu'elle faisait palpiter comme le ventre d'un amphibie submergé, reparaissait bouillonnante entre les roseaux et continuait sa course folle. Pas un brin d'herbe, pas une ligne d'ombre sur les rochers d'au-dessus qui se dressaient à pic, âpres, farouches, comme sillonnés par des veines d'argent, terriblement beaux et nus en face du ciel.

Fiora s'approcha, altérée, et but. Penchée sur la berge, le sein bondissant et la langue dans l'eau, avec la ligne ondulante des reins et du dos, elle ressemblait à une panthère ; Tulespre l'enveloppa tout entière d'un regard chargé de luxure.

— Baise-moi !

Et le désir lui brisait la voix dans la gorge.

— Non.

— Baise-moi !

Il lui prit la tête dans les mains, l'attira à lui et, les yeux clos, resta là, immobile, pour mieux sentir courir dans ses veines, la volupté de cette bouche humide collée sur sa bouche desséchée.

— Non ! répéta Fiora, en se dégageant et se passant la main sur les lèvres, comme pour en enlever le baiser.

Mais elle tremblait comme un jonc, mais sa chair excitée par la chaleur de la course était pleine de désirs, mais la volupté était dans l'air, dans le soleil, dans les odeurs.

Une tête noire de chèvre se montra au-dessus d'eux, dans le feuillage, regardant avec ses doux yeux jaunes ce fouillis vivant de membres humains. Et la Pescare chantait...

LA ZINGARA[1]

Il était étendu à la proue de la *paranza*[2], sur un tas de vieux

---

[1] Publié sous le titre : *Egloga fluviale*, dans *Terra Vergine*, Sommaruga, **éditeur**, Rome, 1882.
[2] Bateau de pêche de la côte adriatique.

cordages, comme un chat somnolent ; mais, à travers les trous des amarres, il regardait la lune nouvelle se coucher sur Montecorno et il écoutait le clapotis des eaux, un clapotis semblable à celui de langues avides de boire. Le premier quartier vermeil, voilé par l'humidité brumeuse, se reflétait sur la surface mobile de la Pescare, éparpillant des étincelles sur les zones sombres, près des rives : et sur ces rives empourprées se dressaient les fûts des peupliers, et plus en avant, les mâts habillés de zinc, rigides et luisants.

Vers l'embouchure du fleuve, la sérénité du ciel étoilé, protégeait le grand et paisible sommeil de la mer.

Iori veillait : dans la volupté mystérieuse de la lune nouvelle, l'image de Mila lui apparaissait, rieuse dans les iris violacés, toute débraillée dans ses haillons, tout ardente dans sa peau couleur d'orange et bronzée par la caresse du soleil. Il l'avait vue ainsi la première fois, par un après-midi de septembre, sur la berge gauche, près de la tente des zingari, tandis que les poulains sauvages paissaient l'herbe et que les feux fumaient sous les marmites de cuivre. Il l'avait vue ainsi la première fois : elle avait son tablier rempli de pommes acides et mordait dans la pulpe verte avec l'avidité d'un écureuil affamé ; sa tête était plongée dans l'ombre, sa gorge libre fleurissait de jeunesse ; elle dévorait les fruits, toute belle dans la paix de midi.

Mais quand elle se retourna pour regarder les curieux groupés à quelque distance, sa tête, serrée entre les deux disques argentés qui pendaient à ses oreilles, surgit tout à coup dans le soleil comme fondue dans l'or antique, avec une sérénité d'idole barbare : ses cheveux noirs inondaient son cou, s'allumaient aux éclairs métalliques, s'enchevêtraient autour de son visage, ses yeux avec leur regard oblique se détachaient blancs comme de l'émail, sur cette chaude coloration.

Et un poulain roussâtre vint à passer près d'elle ; elle l'appela d'un petit cri. L'animal s'arrêta sur ses jambes longues et minces, se laissant caresser le cou et les flancs, avec un faible hennissement de plaisir : ses naseaux frémissaient, son cou se cambrait sous la main caressante de la zingara, ses gencives rouges se découvraient, désireuses des pommes que mangeait la belle fille ; celle-ci lui frottait les trognons sur les dents, en poussant des éclats de rire, la face levée vers le soleil ; les disques d'argent étincelaient sur ses

joues, sa gorge gonflée d'allégresse faisait tinter les amulettes…
Iori l'avait vue ainsi la première fois.

*

Maintenant Mila s'épanouissait comme une plante, comme un jeune arbre tout chargé de bourgeons, dans la douceur de l'air, dans la douceur du soleil, sentant les sources de la vie bouillonner au plus profond de son être. La vie dans ce corps de femme circulait avec le flot victorieux d'une sève riche et saine ; et de cette saine vigueur surgissait naturellement un sentiment pur, net et clair des choses. Déjà toute la magnificence des forces féminines avait triomphé en elle ; et maintenant Mila se reposait dans cette magnificence avec la sérénité simple d'un être qui ne pense rien, qui ne craint rien, qui ne sait rien.

Mais parfois, à l'aube de sa jeunesse, une vapeur trouble l'avait enveloppée : dans ce long vagabondage, à travers des terres inconnues, à travers des gens inconnus, chevauchant les poulains sauvages et buvant le vent ; dans cette longue fuite d'hommes et d'endroits aux lointains sans bornes ; dans le courant ondoyant et divers des événements, des méchancetés, des ruses, des crimes, – parfois une tristesse intense l'assaillait. C'était un sentiment indistinct, peut-être un désir de paix, le désir d'une plante qui sent en elle-même ses forces végétales s'assoupir peu à peu et cherche les chauds réveils du soleil. Car quelque chose dormait en cet être et, dans ce sommeil intérieur, une œuvre lente s'accomplissait ; de temps en temps, il semblait s'échapper de ce travail secret comme des ondes de chaleur ou de parfum, qui venaient troubler cette âme inconsciente. Alors, elle s'enfermait dans un sombre mutisme : les violettes de ses yeux languissaient comme des fleurs fanées. Elle passait des heures, muette, regardant la campagne, dans une pose sacrée, comme une grande idole de cuivre aux yeux d'émail, assise devant les tentes blanchâtres et silencieuses. Elle ne se plongeait pas dans le rêve et le rêve ne l'emportait pas : pendant ces heures, le sens mystérieux de la vie la dominait tout entière, quelque chose d'inconnu l'attirait et fuyait sans se découvrir. Puis, elle revenait à ses anciennes et barbares amours, qui étaient les poulains sauvages, le grand soleil, les belles chansons et les pendeloques d'argent. Elle aimait s'accrocher aux crinières incultes, tandis que les chevaux galopaient sous les coups du bâton de Ziza, contre le vent et la poussière. Ziza était un petit esclave olivâtre qui, pour elle, volait les poules dans les basses-cours et donnait une douceur inaccoutumée aux notes de sa théorbe. Quand les zingari allaient le long des routes blanches allumées par le soleil, entre le lourd sommeil des haies, sur les animaux qui baissaient la tête accablés par la chaleur, Ziza disparaissait à l'improviste et revenait peu après, haletant, les mains pleines de mûres et de fruits verts.

— Tiens, Mila ! disait-il en riant.

Et, en riant, elle dévorait les fruits, jetant au jeune garçon quelques morceaux déjà mordus. Mais, elle ne l'aimait pas.

Un jour, ils s'enfuirent ensemble pour aller marauder. C'était une douce et clémente après-midi de mars ; le bon soleil protégeait les champs de lin en fleur et la pointe des épis de blé s'attendrissait dans les nuances les plus douces du jaune sous la caresse de la lumière. Ils passaient courbés sous les haies humides, l'un derrière l'autre, sans parler : de molles lueurs riaient entre les rameaux encore morts et une haleine parfumée semblait monter des touffes d'herbes. Mila était joyeuse ; Ziza, tout à coup, secoua fortement le tronc d'un amandier : une gloire odorante de fleurs tomba sur leurs deux têtes et sous cette pluie leurs rires fusèrent, limpides. Puis, ils restèrent silencieux devant une haie qui entourait une basse-cour. Les poules, sans défiance, grattaient doucement dans la paille, sous un mur de plâtre crevassé ; un chien somnolait, étendu sur un tas de roseaux secs, jouissant de la tiédeur du temps : on n'entendait que le balancement d'un berceau et le murmure d'une cantilène, dans la maison basse.

Ziza ôta de sa chemise un long chapelet de grains de maïs, se glissa jusqu'à l'extrémité de la haie, comme un renard et resta là, en arrêt, agitant le chapelet d'une main sur le sol. Il ne remua pas, retint sa respiration ; il avait toute la convoitise du vol dans ses yeux fixés sur la proie. Et quand la proie eut avalé les premiers grains de maïs, il tira à lui le fil avec un élan de joie et dans ses mains maîtrisa les derniers battements d'aile de la poule.

— Tiens, Mila ! murmura-t-il à la zingara qui restait blottie dans son coin, tandis que le rire étincelait sur ses lèvres et le soleil sur ses disques d'argent.

Elle prit la bête étouffée, encore toute chaude, dont les petits yeux s'étaient couverts d'un voile et le sang coulait goutte à goutte du bec entrouvert.

— Encore, Ziza, encore ! fit-elle, en s'approchant de lui à quatre pattes.

Et il recommença le jeu. Une poule blanche, avec une grande crête retombante, s'approchait attirée par l'appât : elle s'arrêta une fois, aux écoutes ; elle s'arrêta encore, avant de becqueter, levant la tête vers la trahison cachée. Pas un mouvement, pas un souffle ne révéla le piège.

— Tiens !

Elle la prit, et dans la joie de la conquête, elle se dressa toute droite, hors de la haie.

— Cours, cours, Mila, lui cria le jeune garçon effaré, au milieu des aboiements furieux du chien lancé à leur poursuite. Cours !

Et il la saisit par la main, l'entraînant dans sa course, à travers un champ d'orge, sans regarder en arrière, tandis que des bandes de moineaux prenaient leur vol devant cette irruption. Ils s'arrêtèrent, sains et saufs, le visage en feu, si essoufflés que les éclats de rire sonores ne pouvaient sortir de leur gorge. Au loin, les abois se perdaient ; le soleil bas jetait des rayons obliques sur la brume où la campagne se noyait, et, dans la claire solitude, des nuages d'or flottaient. Le couple, sous ces nuages, descendait lentement en chantant : Mila entourait de son bras les épaules du maraudeur et les deux voix nageaient, confondues dans l'humidité du soir.

Mais, elle ne l'aimait pas. Une autre fois, ils étaient hors des tentes, à l'ombre, et le midi azuré de juin s'étendait sur leurs têtes ; dans les champs paresseux, les blés se penchaient et les arbres lointains semblaient de métal. Ziza, assis sur ses talons, jouait de la théorbe et chantait, la nuque appuyée sur l'épaule, les yeux tournés vers Mila, flottant entre la fascination de la beauté et l'enchantement des sons. Elle, droite, tout près, balançait la tête au doux rythme, laissait errer son regard dans la pure somnolence de la lumière : du vert sombre de sa jupe, ses jambes sortaient nues et, sous la toile plissée, son sein vivait avec une mollesse de fleur endormie. Ziza jouait et chantait. Autour d'eux, les poulains erraient librement ; la chanson venait mourir sous les acacias ; et de ces grands acacias fleuris, de ces blanches grappes pareilles à des corymbes de papillons pendus au soleil, tombait un silence étrange, quelque chose d'animal, quelque chose de virginal et de tendre, comme une haleine enfantine.

Ziza jouait de la théorbe et chantait, et sa muette idole vivante buvait la douceur des sons ; c'était un ruissellement naturel d'airs, d'où émergeaient de temps en temps des paroles fuyantes. La source jaillissait ainsi, parce que Mila était belle, parce que le ciel brillait…

Brusquement, Mila se pencha sur le jeune garçon dans un emportement de désir, lui serra ses tempes laineuses dans les mains, et resta hésitante, les lèvres entr'ouvertes entre lesquelles les dents aiguës brillaient félinement, comme pour mordre ou baiser. Le jeune garçon, étonné et frémissant, regardait, sans résister, cette face d'or bruni, dont les joues étaient battues par les larges disques argentés ; il sentit le souffle chaud qui fleurait une odeur nouvelle : les cordes de la théorbe jetèrent un long bourdonnement, sous les doigts nerveux.

Mila ne donna pas le baiser. Elle se redressa lentement, les yeux troubles, la gorge haletante ; un étonnement d'elle-même l'envahit et un malaise insolite la saisit. Il lui semblait qu'en ce moment une vapeur intense lui ôtât la vue et qu'un grand frisson lui passât sur toute la chair avec une incertaine sensation de plaisir ou de douleur.

— Pourquoi, Mila ? demanda Ziza troublé, en la regardant encore.

Elle ne savait pourquoi ; elle ne répondit pas et voulut rentrer dans la tente, sans se retourner. Mais Ziza la retint par une jambe, et la jambe était nue.

— Viens ici.

— Non, Ziza, mon amour, laisse-moi m'en aller, murmura la zingara, suppliante.

— Viens ; je vais chanter pour toi.

Les effluves des acacias traînaient par bouffées dans l'air tranquille.

— Non, Ziza.

— Va !

Il ouvrit les doigts. Et il resta seul, avec la théorbe sur les genoux, tout pensif.

*

Mila s'épanouissait, se développait, grâce au pouvoir d'un homme ; car, elle aimait Iori, elle aimait le beau pêcheur, qui fleurait une fraîche odeur marine, qui riait dans sa barbe de cuivre.

Ils restaient ensemble, le soir, quand les longues ombres bleues descendaient de Montecorno sur la Pescare et que le fanal rouge au sommet du pont blessait la pâleur du ciel. Il revenait de la pêche tout imprégné de sels, avec encore un peu de la mer au fond de ses larges yeux, avec l'haleine chargée de l'odeur âcre du tabac ; et la zingara sentait son approche, dans l'air, avant qu'il arrivât près d'elle. Les peupliers, sur leurs têtes, s'agitaient en chuchotant, grands et bons, dans la transparence crépusculaire : il y avait une digue solitaire, là-bas, vers les roseaux, où les zingari ne pouvaient les voir, où ne passaient que quelques troupeaux de brebis rassasiées.

— Ô Iori ! disait Mila, les bras tendus, la tête rejetée en arrière.

Et elle se serrait contre lui avec l'enroulement d'un lierre vivant, toute tendre, le regardant en dessous, les yeux noyés dans une langueur frémissante, souriante, palpitante. Elle voulait être tendre, elle voulait être faible, pour lui : elle voulait lui faire le sacrifice de toute sa force, se sentir prendre et bercer. Elle restait sur la poitrine de Iori écoutant les profonds battements de son cœur, se noyant dans l'odeur d'algues qui émanait de ses vêtements ; elle s'agenouillait près de lui pour paraître moins grande. Et quand Iori lui prenait les tempes dans les mains pour lui relever la tête, elle résistait doucement, le regard troublé et se cachait le visage avec le mouvement d'une chatte endormie.

— Non, laisse-moi comme cela... encore...

Il la laissait, lui caressant les cheveux, l'appelant avec des noms tendres : il était doux, il avait le cœur grand comme la mer.

Puis, ils restaient longtemps assis sur l'herbe, tandis que la lune versait une aube sur la solitude immense et que sur l'autre rive, les plantes ressemblaient à des ramifications de jaspe sur la nacre du ciel.

— Mila ! murmurait Iori, de temps en temps, comme à lui-même, avec un tremblement dans la voix.

Et il regardait cette vierge, forte, grande, couleur d'or sombre, qui avait ce beau nom étrange.

Et elle parlait : c'était une source mélodieuse de sons, coupée par des accents âpres, par des paroles nouvelles que Iori ne comprenait pas ; c'était comme un ondoiement musical, comme un ressouvenir de ces lentes cantilènes barbares qui suivaient le rythme du rebec.

— Tu vas dans la mer, mon bien ; tu vas loin, loin, dans la mer qui a la couleur de tes yeux. Hier, la barque t'emportait et mon cœur te suivait... Me veux-tu sur ta barque ? L'eau azurée a une odeur, je la sens. Prends-moi avec toi, Iori !

Et l'amant se taisait ; dans ses veines, le sang s'était engourdi, le frisson ne secouait plus ses nerfs ; une inexprimable langueur dominait les forces de son être à cette voix de femme. Il se taisait ; il voulait sentir sur sa peau toute la caresse de cette voix, il voulait sentir ces longs yeux l'ensorceler.

— Ô mon bien, pourquoi me regardes-tu ? Le soleil m'a violée : je vais sous le soleil, comme les poulains ; et les poulains sont mes amours. Tu connais les oranges ? « Mon visage est comme une orange », dit Ziza dans sa chanson. Mais, je ne veux pas de Ziza ; je te veux, toi, qui as la barbe plus luisante que le cuivre, toi qui es fort, toi qui es doux... Prends-moi avec toi, Iori !

Elle chantait. Et elle lui jeta ses bras nus autour du cou avec un petit bond de chatte lascive, approchant de lui sa face rieuse au milieu du tintement et de l'étincellement des disques métalliques. Puis, elle se renversa en arrière, s'enfonça dans l'herbe froide, se baigna toute dans la lumière lunaire ; et elle resta étendue, tout heureuse, toute grisée, tandis que ses prunelles vacillaient un instant entre ses cils, puis se perdaient dans la nacre humide, sous la paupière, comme deux gouttes noires dans du lait.

— Mila, qu'as-tu ? qu'as-tu ? murmurait-il, presque effrayé par ces longs soupirs, cherchant avec sa bouche avide la fraîcheur de cette autre bouche et la molle tiédeur de la gorge.

Au-dessus des amants, les peupliers s'endormaient dans la mansuétude de la lune, droits sur leurs troncs aux fines cuirasses d'argent, vaporeux au sommet.

— Mila, qu'as-tu ?

Elle ne répondit pas ; ses prunelles s'épanouirent dans le blanc nacré pareilles à deux fleurs, puis s'abîmèrent mollement dans le désir, avec une lueur de joie.

*

À l'aube, les hennissements des poulains vibraient joyeusement dans la prairie. Une brume fraîche montait du fleuve dans la pâleur de l'air, au milieu des longues rives mélancoliques, s'accrochant aux cannes des roseaux, aux baguettes des saules, comme des morceaux de voile. La fine poussière dorée du soleil flottait sur la belle virginité opaline de la mer. »

— Les poulains ont soif. Viens-tu au fleuve, Ziza ? cria la zingara, debout près des animaux, tandis que, les bras levés, elle se rattachait les cheveux derrière la nuque.

Le jeune garçon l'entendit ; il était étendu sous la tente encore assoupi, et la voix de Mila éclata au milieu de l'ondoiement fleuri des rêves. Il dressa la tête, l'oreille tendue :

— Ziza, tu ne viens pas ?

Il se leva d'un bond, et quand il la vit si belle, si fière et si heureuse au milieu des bêtes hennissantes, dans la clémence du matin, il sentit son cœur s'épanouir.

— Mila, je dormais en rêvant à tes yeux qui sont semblables à deux violettes, dit-il en s'approchant et en prononçant d'une voix sonore, cette phrase d'adolescent amoureux de la théorbe et des chansons.

Mais la zingara d'un saut fut en croupe, toute rieuse : de sa jupe courte sortaient ses jambes nues qui frappaient les flancs du poulain, et le poulain résistait aux coups en se dressant tout droit, pris d'une rage de rébellion ; elle s'accrochait à la crinière, jetant des rires sonores au vent, jetant des éclats de voix au vent, laissant ses cheveux flotter au vent : les amulettes et les disques brillants tintaient, un sein à la pointe rosée avait jailli hors du corset avec la violence d'un bourgeon violemment épanoui ; et elle riait, et elle riait ; et sur cette ruée de la femme et du cheval, le dieu soleil lançait ses premières flèches d'or.

— Bats-le avec un roseau, Ziza, cria l'amazone haletante.

L'animal frappé s'élança sur la route blanche, dans la poussière, suivi par toute la troupe bruyante et traversa la clairière, s'enfonçant dans l'épaisseur des saules, près de la rive. Les poulains s'éparpillèrent dans l'humide végétation fluviale : devant cette irruption, les rameaux se pliaient, se cassaient en craquant, gémissaient sous le heurt des sabots ; les branches d'osier jaune se refermaient au passage, fouettant les croupes ; dans le bois touffu, les têtes brunes émergeaient seulement au milieu de la verdure, puis les têtes se penchèrent aussi sur le sol herbu.

Et Ziza, se glissant comme un léopard, s'approcha de la zingara qui le dominait du haut du poulain dans la gloire du soleil. Ils restèrent silencieux : à l'embouchure, la mer verdâtre avec un murmure égal apaisait la force du courant.

— Cette nuit, tu n'as pas dormi dans la tente ? s'écria-t-il tout à coup, en lui plantant dans le visage ses grands yeux brûlants de désir et de jalousie. Tu as été dehors… avec un autre… Ne le nie pas…

Mila sentit le sang lui brûler le visage ; elle serra les genoux, et le poulain releva la tête en dressant les oreilles.

— Comment le sais-tu ? demanda-t-elle doucement, en détournant ses prunelles violettes, avec un sourire.

— Je le sais : Doca m'a arrêté là, tandis que je courais derrière les bêtes, et il me l'a dit ; il ricanait quand je me suis enfui. Mila, ne le nie pas.

Mais la zingara, sans répondre, se pencha vers lui, le prit par les cheveux, en riant, et lui donna une petite morsure sur la nuque. Puis, elle s'enfuit sur le poulain, en riant, au milieu de l'eau, dans les éclaboussements froids, dans les éboulis de l'argile piétinée, dans le miroitement des reflets : les hennissements se répondaient dans toute la saulaie ; le troupeau en tumulte descendait dans le fleuve dans un désordre indescriptible, suivant l'exemple. Ziza, mi-nu, se jeta dans cette bataille des bêtes et des eaux, derrière la zingara fugitive, derrière le tourbillon des rires, derrière l'amour barbare…

— Sorcière ! sorcière ! lui criait-il, empoisonné par cette morsure lascive.

Et il la rejoignit quand l'eau atteignait le poitrail du poulain, et d'un bond, il sauta lui aussi en croupe. L'animal, sentant ce nouveau poids, se débattait furieusement. Ziza vainqueur avait enlacé ses jambes nues à celles de Mila et serrait dans ses bras le corps de la belle captive ; les cheveux de celle-ci lui fouettaient le visage, la gorge de celle-ci lui palpitait sous les doigts, l'odeur de celle-ci lui emplissait les narines. Autour d'eux, les poulains s'ébrouaient dans un accès de folle gaieté ; les eaux glacées écumaient, sous le soleil, sous le grand et pur soleil de septembre ; une voile rouge se montrait à l'embouchure du fleuve, déchirant la splendeur nacrée du ciel, jetant sur la Pescare son reflet pourpré comme un flot de sang frais.

— Tu es vaincue ! tu es vaincue !

Et Ziza couvrait de baisers les épaules de la prisonnière, ivre de conquête comme un faucon sur sa proie.

— Tu es vaincue !

— Non.

C'était un joyeux combat d'êtres jeunes et forts : lui sain, rude, bondissant sous l'aiguillon de la puberté, avec un ardent désir de jouissance ; elle saine, exubérante, presque ignorante dans sa luxuriante virginité. Le poulain reculait et soufflait les naseaux en flamme, les veines du cou gonflées, la queue raidie par la terreur, sous ces tenailles d'acier.

— Non ! cria la zingara, en se dégageant enfin par un effort suprême.

Et sous le choc, Ziza chancela sur la croupe glissante, tendit les bras et tomba à la renverse dans l'eau, au milieu des rires sonores de Mila.

— Bois, Ziza, bois !

Le vaincu s'était redressé, ayant de l'eau jusqu'à la poitrine, secouant ses boucles mouillées, suffoqué par le grand froid du plongeon ; et il était baigné par le reflet de la voile rouge, comme par un incendie ; le soleil et la honte l'empêchaient de rien distinguer ; les flots agités par sa chute le frappaient de tous côtés, tandis que les poulains remontaient sur la rive avec un fracas étourdissant.

En un instant, le bois fut envahi : les bêtes remontaient en s'ébrouant, le cou tendu, les naseaux inquiets, comme poussées par un caprice inconnu, et elles s'arrêtaient pour secouer leur crinière humide, à la bonne tiédeur du matin. Une senteur agreste, une chaude émanation de santé sortait de ces corps : il y avait dans l'air comme l'impression d'une grande rivière abandonnée où de gigantesques pachydermes auraient vécu tout un jour.

*

Ziza, à l'ombre de la tente, fredonnait une chanson de sa patrie, longue, triste, modulée sur des accords stridents et métalliques, arrachés à la théorbe. Sa belle gaieté d'enfant était restée ensevelie sous les saules sauvages de la Pescare, sous les derniers trèfles fleuris, par ce beau matin de septembre. Maintenant, il s'abîmait dans une somnolence malsaine, dans l'abattement d'un fauve arraché aux amours de la forêt, obligé de vivre dans les clairières et dans la solitude. Le narcotique des notes le pénétrait lentement : dans la tranquillité de midi toutes les choses se taisaient paresseusement ; le fleuve semblait être arrêté, comme un canal fermé, dans un rayonnement uniforme qui repoussait les reflets ; sous l'aube du pont, la rive se perdait dans une verte rangée de peupliers et de saules, au milieu desquels les *trabacche*[1] pendaient comme d'énormes toiles d'araignées. C'était la mort calme et silencieuse de l'été ; une douce fraîcheur passait sous le soleil...

Mais la chanson s'éteignait peu à peu sur les lèvres du chanteur ; le vers se noyait dans le son, se perdait dans un indistinct gargouillement de la gorge ; les cordes touchées bourdonnaient faiblement : il n'y en avait plus que trois, il n'y en avait plus que deux ; la dernière rendait un gémissement languissant sous l'effleurement du pouce, elle frémissait en communiquant un picotement aux nerfs de la main et du bras. Un léger fourmillement passait alors dans le sang, se répandait dans toutes les veines, s'arrêtait avec un sursaut au sommet de la poitrine et arrivait à la tête dans un tournoiement de vertiges ; et ce fourmillement semblait conserver encore la note, encore le métal de la corde, à travers le corps vivant. C'était comme un écho de la chanson, un dernier écho intérieur, qui faisait vibrer tous les sens et éveillait dans l'âme les fantômes endormis. Les fantômes, par cette chaleur vermeille, s'élevaient avec un vol paresseux de papillons sortant de la chrysalide, ils s'éparpillaient en s'épanouissant ainsi que des fleurs, ils fuyaient en laissant la trace lumineuse de leur passage. Un désir inquiet courait dans les membres de Ziza ; il lui semblait que le sang en circulant rencontrât des nœuds, et autour de ces nœuds s'arrêtât avec un bouillonnement caché, comme la sève dans les jeunes troncs d'arbre : à ces endroits commençait le prurit, qui se répandait ensuite cruellement à fleur de peau. Puis, tout d'un coup un sentiment de bien-être se produisait en lui ; un flot tiède et égal

---

[1] Filets de pêche montés sur des tiges mobiles en métal.

inondait sa chair, les visions devenaient plus claires, plus pures, plus humaines ; la torpeur se noyait dans l'engourdissement du sommeil – puis, de nouveau, des sursauts... Un trouble imprévu chassait les fantômes ; les miasmes de la luxure montaient du plus profond de son être, empoisonnant cette belle et forte adolescence d'homme.

C'était une forme féminine ondoyante, fuyante, provocante, se montrant dans toutes les attitudes les plus vives de la volupté ; dans le tourbillon lumineux, les membres nus se ployaient avec une souplesse serpentine, comme impatients d'enlacer, d'embrasser, d'étreindre ; les chairs prenaient les tons les plus ardents de l'or et de l'orange ; la bouche s'ouvrait comme une blessure fraîche et frémissait dans l'avidité de se coller à d'autres lèvres ; les pointes rosées des seins se dressaient ; tout était faux, spasmodique, dans cette excitation, dans cette frénésie des sens. Et Ziza s'y enfonçait avidement, et Ziza saisissait la larve de sa zingara avec des mains presque roidies par le plaisir, il cherchait avec des yeux ardents les parties les plus lascives de ce corps, il respirait la chaude odeur de cette chair... Mais une grande inquiétude lui coupait la respiration ; son sang semblait s'arrêter dans ses veines : la larve pâlissait, les lignes tremblaient en se confondant, les couleurs s'effaçaient avec la vie qui s'enfuyait. Alors, une nouvelle angoisse l'oppressait tout entier. Elle n'était pas sienne, elle ne voulait pas être sienne, elle lui jetait à la face des éclats de rire métalliques avec un mépris de reine. Pourquoi ? Qui était cet autre ? Qui était cet homme aux yeux de turquoise et à la barbe de cuivre ?

Brusquement, devant cette nouvelle image, un frisson passait sur sa chair : une bouffée de haine et de colère lui montait à la gorge. Il se sentait faible pourtant, il se sentait vaincu par ce regard limpide et assuré, par ce calme sourire de lutteur. Il essayait de se soustraire au cauchemar, mais en vain. Peu à peu, presque furtivement, dans la marée trouble de la colère une veine de tendresse s'insinuait, se répandait subtilement dans son âme : il ne voyait plus rien qu'un miroitement incertain, qu'un tremblement pareil à des larmes ; et une tristesse, un découragement l'envahissaient, une folle terreur d'enfant.

Et alors, tous les déconforts, toutes les épouvantes, toutes les craintes puériles et vaines l'assaillaient ; il croyait mourir... Il ouvrit les yeux et deux pleurs brûlants roulèrent sur ses joues. Autour de lui régnait une grande clarté neigeuse : des vapeurs en suspension tombait une étrange somnolence où les cimes des arbres s'engourdissaient, où l'eau laiteuse perdait son frissonnement, où les rumeurs et les voix s'atténuaient.

*

Quand Iori dit à la zingara qu'il l'emmènerait dans sa barque, sur le fleuve, elle lui jeta impétueusement les bras autour du cou et un éclair de joie jaillit de ses beaux yeux violets.

— Avec toi ? Sur le fleuve ? demanda-t-elle, haletante, tandis que le plaisir faisait épanouir son visage comme une fleur vermeille et que le désir gonflait son sein.

Ils partirent. Déjà dans la pure suavité de l'après-midi, les rougeurs et les odeurs du soir se répandaient en ondes lentes. Sur la mer, l'azur du ciel pâlissait dans la transparence verdâtre du béryl, se fondait vers le haut dans une teinte ardoisée et se perdait au-dessus de Montecorno dans un poudreux ondoiement d'or. Les nuages émergeaient de cet ondoiement pareils à des groupes de pyramides, pareils à de chimériques forêts de stalagmites, qui se reflétaient au fond des eaux limpides ; et, au fond de ces eaux, on aurait dit les ruines d'une cité antique, les décombres submergés d'une pagode de topaze, les fragments de grandes idoles barbares, sur lesquels depuis longtemps le fleuve roulait ses flots insouciants. Le canot effleurait ces coupoles éclatantes, fendant le courant de la pointe de la proue : les rames, sous les mains de Iori, frappaient l'onde, faisant jaillir des éclairs, des lueurs et des reflets.

— Rame, rame, mon amour ! disait Mila, étendue à la poupe, la tête rejetée en arrière, les mains plongées dans le sillage.

Le chaud soleil orangé l'enveloppait toute avec une violence d'incendie, baignait ses cheveux, baignait sa gorge ; les beaux disques d'argent étincelaient sur ses joues, et ses beaux yeux s'ouvraient comme des fleurs lumineuses. Elle était heureuse ; une joyeuse tendresse lui montait du fond de l'âme, dans ce doux combat du jour, où vibrait la dernière note des choses.

— Rame, amour !

Le canot voguait près de la rive, au milieu d'un froissement frais et odorant de rameaux brisés ; les racines des vieux saules accrochés à la berge ressemblaient à des enroulements de couleuvres, les troncs avaient d'étranges attitudes de corps humains tordus par la douleur, et de ces troncs toute une germination de jeunes pousses surgissait timidement à fleur d'eau. Des troupeaux de feuilles grasses et vertes flottaient tout autour et se dispersaient sous les coups d'aviron ; au-dessus, c'était le repos des roseaux en fleur, c'étaient les légères forêts de panaches soyeux que pas un souffle de vent n'agitait, que pas un battement d'aile ne troublait ; au-dessus, c'était le triste repos des arbres qui ne voulaient pas mourir. Sur ces roseaux et sur ces arbres, les voiles diaphanes du crépuscule descendaient peu à peu. Sur la montagne violetée, les obélisques de nuages se dressaient, vermeils au sommet ; et, au fond des eaux, la cité antique paraissait être en flammes ; mais les voiles crépusculaires descendaient, mais le silence montait des champs déjà plongés çà et là dans l'ombre, mais l'enchantement de la solitude envahissait le fleuve.

On n'entendait plus le bruit sourd des rames. La barque, libre, suivait le courant, sans frôler la berge.

— Tu es las, mon pauvre amour, murmura Mila, penchée sur Iori, en glissant ses doigts dans les cheveux mouillés de sueur du jeune homme, en lui glissant le plaisir dans les veines.

— Non, vois... répondit-il en levant ses yeux glauques pleins de sourires et en l'enserrant dans ses bras, avec un emportement de désir.

— Tu es belle, belle, belle ! répéta-t-il en frissonnant, pâle, avide, tandis qu'il l'étendait doucement au fond de la barque. Tu es belle, belle, belle !...

Ils étaient dans une baie, où les rives semblaient se réunir, formant comme un enclos de verdure. Dans la tranquillité lacustre, les hauts troncs d'arbres s'allongeaient comme une rangée de colonnes sous une voûte de cristal et de métal ; et, entre les colonnes, le ciel veiné d'agate s'adoucissait sous le feuillage sombre. Du feuillage et du ciel, une paix immense tombait sur les eaux ; quelque chose de doré et de laiteux flottait dans l'air, comme une pâmoison de tendresse dans laquelle s'assoupissait tous les êtres, dans laquelle tous les êtres perdaient le sens de la vie. Mais une vague harmonie s'élevait de toutes ces torpeurs ; une onde sonore à la fois majestueuse et délicate montait de la terre pour se dresser dans les solitudes crépusculaires – de la terre qui semblait se reposer des fatigues d'un auguste enfantement.

— Tu es belle, belle, belle !

Les rives s'ouvrirent de nouveau devant eux. Maintenant le fleuve triomphait, dans la tristesse de cette course muette et froide vers la mer, de cette course implacable emportant les premières agonies des arbres qui ne voulaient pas mourir.

— Mila, écoute ? demanda brusquement Iori, se redressant au fond du canot.

Sur la berge gauche, dans les roseaux, un furieux craquement venait de se faire entendre, comme si un fauve s'était mis en chasse, et à cet endroit, un fouillis d'homme et de cheval bondissait avec un emportement fou dans l'eau écumante, qui eut un violent remous.

— Ziza, Ziza... hurla la zingara, droite sur ses genoux, pétrifiée par la terreur, les bras tendus vers le tourbillon où le forcené se débattait sur le poulain, en le poussant vainement vers la barque.

En ce moment, toute la forte et généreuse nature du marin s'éveilla.

— Tais-toi, Mila ! fit-il en saisissant les rames, inconscient du danger. Et il tendit à cet ennemi inconnu son bras solide.

Mais Ziza, dans un spasme suprême de haine et de vengeance, se cramponna à son cou, lui enfonçant ses ongles dans la chair vive, l'entraînant dans les eaux avides et glacées de la Pescare. Ce fut une courte lutte humaine, dans le silence du crépuscule, dans cette aurore clémente où la pleine lune cuivrée montait placidement à la victoire.

Entraînée par le courant, la barque s'éloignait, s'éloignait. Mila, prostrée, n'eut pas un cri, pas un sanglot : elle était là, comme une statue de bronze, ses prunelles violettes fixées sur le tumulte incertain des eaux, seule, tandis que le poulain nageait péniblement près d'elle, la regardant avec ses gros yeux, dans lesquels l'angoisse de la mort mettait une dernière lueur. Elle était seule, perdue dans l'immensité du soir, – dans la pure immensité du soir.

L'IDYLLE DE LA VEUVE[1]

Le cadavre du syndic Biagio Mila, déjà tout habillé et la face

---

1 Publié dans *San-Pantaleone*, G. Barbera, **éditeur Florence**, 1886.

recouverte d'un mouchoir imbibé d'eau et de vinaigre, était étendu sur le lit, presque au milieu de la chambre. De chaque côté, dans la pièce, la femme et le frère du mort veillaient.

Rosa Mila pouvait avoir environ vingt-cinq ans. C'était une femme en plein épanouissement, avec le front un peu bas, les sourcils arqués, les yeux gris et larges, des prunelles veinées comme des agates. Possédant une chevelure très abondante, elle avait presque toujours la nuque, les tempes et les yeux cachés par des boucles rebelles. Toute sa personne rayonnait de santé et avait cette fraîcheur vivace que donnent aux chairs féminines les fréquentes ablutions d'eau glacée. Un parfum attrayant émanait de ses vêtements.

Son beau-frère, Emidio Mila, le prêtre, pouvait avoir environ le même âge. Il était maigre et avait le teint bronzé de ceux qui vivent à la campagne en plein soleil. Un léger duvet roux couvrait ses joues ; ses dents fortes et blanches donnaient à son sourire une beauté virile ; et ses yeux jaunâtres luisaient parfois comme des sequins neufs.

Tous deux se taisaient : l'un faisant courir entre ses doigts un chapelet de verre, l'autre regardant courir le chapelet. Tous deux avaient l'indifférence des gens de la campagne devant le mystère de la mort.

Emidio dit avec un long soupir :

— Il fait chaud, ce soir.

Rosa leva les yeux comme pour approuver.

Dans la chambre un peu basse, la lumière vacillait, selon les mouvements de la mèche qui brûlait dans l'huile d'une lampe de cuivre. Les ombres se réunissaient tantôt dans un coin, tantôt sur le mur, changeant de formes et d'intensité. Les vitres de la fenêtre étaient ouvertes, mais les persiennes restaient closes. De temps en temps, les rideaux de mousseline blanche remuaient comme agités par un souffle. Sur la blancheur du lit, le cadavre de Biagio Mila semblait dormir.

Les paroles d'Emidio tombèrent dans le silence. La femme baissa de nouveau la tête et se remit à égrener lentement son rosaire. Quelques gouttes de sueur emperlaient son front et sa respiration était embarrassée.

Emidio, peu après, demanda :

— À quelle heure viendra-t-on le prendre, demain ?

Elle répondit, de sa voix naturelle :

— À dix heures, avec la congrégation du Saint-Sacrement.

Cependant, ils se turent encore. De la campagne arrivait le continuel coassement des grenouilles, et, par bouffées, arrivaient aussi les senteurs aromatiques des herbes. Dans cette tranquillité parfaite, Rosa entendit une espèce de gargouillement sourd sortir du cadavre, et avec un mouvement d'horreur elle se leva de sa chaise, voulant s'éloigner.

— N'ayez pas peur, Rosa. Ce sont les fermentations, dit son beau-frère, en lui tendant les mains pour la rassurer.

Elle prit instinctivement une main et la retint, tout en restant debout. Elle prêtait l'oreille pour écouter, mais elle regardait ailleurs. Les gargouillements se prolongeaient dans le ventre du mort, et semblaient monter vers la bouche.

— Ce n'est rien, Rosa, calmez-vous… ajouta le jeune prêtre, en lui faisant signe de s'asseoir sur un coffre de mariage, couvert d'un long coussin à fleurs.

Elle s'assit près de lui, lui serrant encore la main, dans son trouble. Comme le coffre n'était pas très grand, leurs genoux se touchaient.

Le silence revint. Le chant des moissonneurs s'éleva au dehors, dans le lointain.

— Ils battent le grain la nuit, à la clarté de la lune, expliqua la femme, voulant parler pour tromper la peur ou la fatigue.

Emidio n'ouvrit pas la bouche. Et la femme retira sa main, car ce contact commençait à lui donner une vague impression d'inquiétude.

Tous deux étaient occupés par une même pensée qui les avait saisis à l'improviste ; tous deux étaient pris par un même souvenir – par le souvenir d'un amour rustique au temps de leur puberté.

En ce temps-là, ils vivaient dans les maisons de Caldore, au carrefour, sur la montagne ensoleillée. À la limite d'un champ de froment, se dressait un mur élevé, construit de cailloux et de terre argileuse. Du côté exposé au midi, que possédaient les parents de Rosa, la chaleur du soleil était plus lente et plus douce, et, là, toute une famille d'arbres fruitiers prospérait et se multipliait. Au printemps, ces arbres fleurissaient dans une communion de joie ; et les masses argentées, rosées ou violetées s'arrondissaient sur le ciel, au-dessus du mur, se balançaient comme pour s'élever dans l'air, et faisaient ensemble une espèce de bourdonnement monotone pareil à celui des abeilles quand elles butinent.

Derrière le mur, du côté des arbres, Rosa, en ce temps-là, avait l'habitude de chanter.

Sa voix limpide et fraîche jaillissait comme une fontaine, sous les festons de fleurs.

Pendant une longue convalescence, Emidio avait entendu ce chant. Il était faible et affamé. Pour échapper à la diète, il descendait furtivement de la maison, cachant un gros morceau de pain sous ses vêtements, et il marchait le long du mur, dans le dernier sillon de blé, jusqu'à ce qu'il arrivât au lieu de la béatitude.

Alors, il s'asseyait, les épaules appuyées contre les pierres tièdes et commençait à manger. Il mordait dans le pain et choisissait un épi bien tendre : chaque grain renfermait une petite goutte de sève pareille à du lait et avait le goût délicat de la farine. Par un phénomène singulier, la volupté de la nourriture et la volupté de l'ouïe se confondaient presque chez le convalescent en une seule sensation infiniment agréable. Si bien que dans cette paresse, dans cette tiédeur, dans ces parfums qui donnaient à l'air la saveur excitante du vin, la voix féminine devenait aussi pour lui un principe reconstituant, comme un aliment physique qu'il s'assimilait.

Le chant de Rosa était donc une cause de guérison. Et quand la guérison fut achevée, la voix de Rosa continua à avoir sur lui le pouvoir d'un charme sensuel.

Depuis lors, car entre les deux familles l'intimité devint étroite, il s'éleva dans l'âme d'Emidio un de ces taciturnes et timides amours d'adolescent.

En septembre, avant qu'Emidio partît pour le séminaire, les deux familles réunies allèrent un après-midi goûter dans le bois, près du fleuve.

La journée était douce, et les trois chars tirés par les bœufs s'avançaient le long des roseaux en fleur.

Dans le bois, le goûter fut fait sur l'herbe, dans une clairière circulaire entourée de peupliers gigantesques. L'herbe était toute parsemée de petites fleurs violettes, qui exhalaient un parfum subtil ; çà et là, de larges nappes de soleil descendaient à travers le feuillage ; et, en bas, la rivière paraissait être arrêtée, elle avait une tranquillité lacustre, une pure transparence dans laquelle les plantes aquatiques dormaient.

Après le goûter, les uns se répandirent sur la rive et les autres restèrent étendus par terre. Rosa et Emidio se trouvèrent ensemble ; ils se prirent par le bras et se mirent à marcher dans un sentier tracé au milieu des buissons.

Elle s'appuyait sur lui de tout son poids ; elle riait, arrachait les feuilles des jeunes pousses au passage, mordillait les baies amères, renversait la tête en arrière pour regarder les geais fuyards. Dans un mouvement brusque son peigne d'écaille glissa de ses cheveux qui se répandirent sur ses épaules, avec une magnifique abondance.

Emidio se pencha en avant pour chercher le peigne. En se relevant, sa tête heurta légèrement celle de la jeune fille. Rosa, se tenant le front des deux mains, criait au milieu des rires.

— Ahi ! ahi !

Il la regardait, se sentant frémir jusque dans les moelles, se sentant pâlir et craignant de se trahir.

Avec l'ongle, elle détacha d'un tronc d'arbre une longue spirale de lierre, l'entortilla rapidement autour de ses tresses et arrêta la révolte de sa chevelure sur la nuque avec les dents du peigne. Les feuilles vertes, dont quelques-unes étaient rougeâtres et mal attachées, retombaient irrégulièrement. Elle demanda :

— Cela vous plaît comme cela ?

Mais Emidio n'ouvrit pas la bouche : il ne sut que répondre.

— Ah ! cela ne va pas bien !… Vous êtes peut-être muet ?

Il avait envie de tomber à genoux. Et comme Rosa riait d'un rire mécontent, il sentait les larmes lui monter aux yeux, dans l'angoisse de ne pouvoir trouver une seule parole.

Ils continuaient à marcher. À un endroit, un jeune arbre abattu empêchait de passer. Emidio souleva le tronc des deux mains et Rosa se glissa sous les branches verdoyantes qui la couronnèrent un instant.

Plus loin, ils rencontrèrent un puits qui avait de chaque côté deux bassins rectangulaires en pierre. Les arbres touffus formaient autour et au-dessus du puits, un berceau de verdure. Là, l'ombre était profonde, presque humide. La voûte se réfléchissait avec une précision parfaite dans l'eau, qui arrivait jusqu'à la moitié des parapets de briques.

Rosa dit, en s'étirant :

— Comme on est bien ici !

Puis, elle recueillit de l'eau dans le creux de sa main, avec une attitude pleine de grâce et elle but à petites gorgées. Les gouttes tombaient à travers ses doigts et emperlaient sa robe.

Quand elle se fut désaltérée, elle recueillit encore de l'eau dans ses deux mains réunies en forme de coupe et l'offrit gentiment à son compagnon :

— Buvez !

— Je n'ai pas soif, balbutia Emidio stupidement.

Elle lui jeta l'eau au visage, faisant avec la lèvre inférieure une petite grimace de mépris. Puis, elle s'étendit dans un de ces bassins desséchés, comme dans un berceau, laissant ses pieds en dehors de la bordure et les agitant nerveusement. Brusquement elle se releva et regarda Emidio d'un air singulier :

— Donc ?... Nous partons ?

Ils se remirent en marche et revinrent au lieu de la réunion, toujours en silence. Les merles sifflaient sur leurs têtes ; des gerbes de rayons de soleil horizontaux arrêtaient leurs pas ; et le parfum du bois devenait plus fort autour d'eux.

Quelques jours plus tard, Emidio partait...

Quelques mois plus tard, le frère d'Emidio épousait Rosa.

Pendant les premières années de séminaire, le néophyte avait souvent pensé à sa nouvelle belle-sœur. En classe, tandis que les prêtres expliquaient l'*Epitome Historiæ sacræ*, il rêvait souvent d'elle. Pendant l'étude, tandis que ses voisins, cachés derrière les pupitres ouverts, se livraient entre eux à des pratiques obscènes, il se cachait la tête dans les mains et s'abandonnait à d'impures imaginations. À l'église, tandis que les Litanies de la Vierge résonnaient, après l'invocation à la *Rosa mystica*, son âme s'enfuyait très loin.

Et comme il avait appris la corruption de ses condisciples, la scène du bois lui apparaissait sous un jour tout nouveau. Le doute de ne pas avoir deviné, le regret de ne pas avoir su cueillir un fruit qui s'offrait à lui, le tourmentèrent étrangement.

Donc, c'était vrai ? Rosa l'avait donc aimé un moment ? Il était donc passé inconsciemment à côté d'une grande joie ?

Et chaque jour, cette pensée devenait plus aiguë, plus insistante, plus persistante, plus angoissante. Et chaque jour, il s'en repaissait avec une plus grande intensité de souffrance ; si bien que, dans la longue monotonie de la vie sacerdotale, cette pensée devint pour lui une espèce de mal incurable et, devant l'impossibilité de la guérison, il fut pris d'un immense découragement, d'une mélancolie sans fin.

Donc, il n'avait pas su !

Dans la chambre maintenant, la lumière vacillait avec plus de lenteur. À travers les lames des persiennes entraient des bouffées de vent moins légères, qui gonflaient un peu les rideaux.

Rosa, prise par une vague torpeur, fermait de temps en temps les yeux ; et comme sa tête lui tombait sur la poitrine, elle les rouvrait brusquement.

— Vous êtes fatiguée ? lui demanda avec beaucoup de douceur le prêtre.

— Moi ? pas du tout... répondit la femme en reprenant ses esprits et en se redressant.

Mais dans le silence, l'assoupissement la reprit. Elle avait la tête appuyée contre le mur : ses cheveux lui couvraient le cou et, de sa bouche entr'ouverte, la respiration sortait lente et régulière. Comme elle était belle ; et rien en elle n'était plus voluptueux que le rythme du sein et la forme visible des genoux sous la robe légère.

— Si je lui donnais un baiser ? pensa Emidio, pris par un soudain désir de la chair, en regardant la belle endormie.

Les chants humains s'étendaient dans la nuit de juin, avec une solennité de rythme liturgique ; et, à intervalles, les répons surgissaient, sans accompagnement d'instruments. La pleine lune devait être haute, car la faible lumière de l'intérieur n'arrivait pas à vaincre la clarté éblouissante qui tombait sur les persiennes et filtrait à travers les interstices du bois.

Emidio se tourna vers le lit mortuaire. Ses yeux, en parcourant la ligne rigide et noire du cadavre, s'arrêtèrent involontairement sur la main – une main gonflée et jaunâtre, un peu crochue, sillonnée de traces livides, et ils se détournèrent vivement. Peu à peu, dans l'inconscience du sommeil, la tête de Rosa, traçant sur la muraille une espèce de demi-cercle, se pencha vers le prêtre troublé. Le déplacement de la belle tête féminine fut infiniment doux ; mais comme le sommeil en fut un peu troublé, il apparut entre les paupières à peine relevées, un coin de la prunelle qui disparut aussitôt dans la nacre blanche, pareille à une feuille de violette dans du lait.

Emidio resta immobile, soutenant le poids exquis sur son épaule. Il retenait sa respiration par crainte d'éveiller la dormeuse, et une angoisse énorme l'accablait à cause des battements de son cœur, de ses poignets et de ses tempes, qui semblaient emplir toute la chambre. Mais, comme le sommeil de Rosa continuait, il faiblissait peu à peu et s'abîmait dans une invincible mollesse, en regardant ce cou charnu que le collier de Vénus marquait de volupté, en respirant cette haleine tiède et l'odeur de ces cheveux.

Alors, sans plus réfléchir, sans plus lutter, s'abandonnant tout entier à la tentation, il baisa cette femme sur la bouche.

À ce moment, elle s'éveilla en sursaut ; elle ouvrit des yeux stupéfaits et devint pâle, pâle...

Puis, lentement, elle ramassa ses cheveux sur la nuque et resta là, le buste droit, vigilante, circonspecte, regardant devant elle dans les ombres changeantes, muette, presque immobile.

Emidio se taisait aussi. Tous deux demeuraient sur le coffre de mariage, comme auparavant, assis côte à côte, se touchant des coudes, dans une incertitude pénible, évitant avec une espèce d'artifice mental que leur conscience ne jugeât le fait et ne le condamnât. Spontanément, tous deux portèrent leur attention sur des choses extérieures, mettant dans cette opération de l'esprit une intensité feinte et y contribuant aussi par leur attitude. Peu à peu, une espèce d'ivresse les gagnait.

Dans la nuit, les chants continuaient, s'attardaient longuement dans l'air et s'amollissaient tendrement de répons en répons. Les voix masculines et les voix féminines formaient une harmonie amoureuse. Parfois, une voix seule, très élevée, dominait les autres, donnant une note unique, autour de laquelle les accords affluaient, comme les eaux autour du fil d'un courant fluvial. Maintenant, à intervalles réguliers, au commencement de chaque chant, résonnait la vibration métallique d'une guitare accordée en quinte ; et, entre une reprise et une autre, on entendait les coups réguliers des fléaux sur le sol.

Tous deux écoutaient.

Peut-être était-ce à cause d'un changement du vent, mais à présent les odeurs n'étaient plus les mêmes. Le parfum des citrons, si puissant, si doux, si subtilement excitant, venait peut-être de la colline d'Orlando ; les senteurs des roses, ces senteurs sucrées qui donnaient à l'air la saveur d'une essence aromatisée, arrivaient peut-être des jardins de Scalia ; les émanations humides des rouges lis florentins qui désaltéraient comme une fraîche gorgée d'eau, montaient peut-être des marais de la Farnia.

Tous deux restaient encore taciturnes, sur le grand coffre, immobiles, oppressés par la volupté de cette nuit lunaire. Devant eux, la flamme de la lampe vacillait rapidement et se penchait parfois de côté jusqu'à lécher le mince cercle d'huile, sur lequel elle flottait encore en s'alimentant. La flamme eut un crépitement, et tous deux se retournèrent ; ils restèrent ainsi, anxieux, les yeux dilatés et fixes, regardant la flamme qui achevait de boire les dernières gouttes d'huile. À l'improviste, la flamme s'éteignit. Alors, brusquement, avec une avidité égale, en même temps, ils se collèrent l'un à l'autre, ils s'enlacèrent, ils se cherchèrent de la bouche, éperdument, aveuglément, sans parler, s'étouffant de caresses...

BESTIALITÉ[1]

L'ardente réverbération de midi frappait la cour, faisant jaillir des murs, des vitres, des pierres une orgie de reflets brûlants qui fatiguaient l'œil, alourdissaient la respiration. C'était un midi caniculaire, chargé de vapeurs orageuses : dans le ciel blanchâtre,

---
1 Publié dans *Terra Vergine*, Sommaruga, éditeur, Rome, 1882.

on ne voyait pas le soleil ; il en tombait de larges taches de lumière, des taches couleur de cuivre. Dans la cour, la vie était arrêtée ; quelques dindons se tenaient immobiles sur leurs pattes, au milieu des cuves vides, comme empaillés ; deux écuelles rougeoyantes de conserve fraîche de tomates, posées sur une chaise de bois, rompaient cette monotonie triste de tuf gris. Puis, au dehors, d'un côté, l'immense campagne jaunâtre, pleine de silence et de paresse ; et, de l'autre, au loin, une zone de mer, plus blanche que le ciel.

Nora, sous la loggia, lavait le linge, elle plongeait ses gros bras dans la fraîcheur de l'eau gluante et les retirait couverts de savon mousseux ; ses mamelles tressautaient, heurtant son corset à fleurs ; et toute cette heureuse abondance de chair savoureuse s'échappait de ses vêtements, avec d'âcres effluves de sueur. De temps en temps, elle soufflait sur l'écume, pour voir se refléter dans le miroir bleuâtre de l'eau, sa large face camuse et ses yeux de chèvre.

Elle se retourna, toute droite, en se passant sur son front en flamme ses doigts mouillés, avec un grand soupir de fatigue.

— Vous n'avez pas sommeil, *tata* ? demanda-t-elle à son beau-père qui était assis un peu plus en arrière, occupé à fumer sa pipe.

L'homme ne répondit pas : il se sentait la langue épaisse et sèche, comme dans la fièvre, et, en dedans de lui-même, il avait une singulière épouvante, une étrange inquiétude ; il lui semblait qu'une humeur maligne, un poison, se fût infiltré dans son sang, quelque chose qui le brûlait et l'accablait plus que la canicule. Il tira trois ou quatre bouffées rageuses de sa pipe ; la fumée l'enveloppa tout entier, comme un voile mouvant, puis se dissipa lentement. Mais cette femme était encore là, de nouveau penchée sur sa cuve, occupée à frotter son linge : l'air lourd pesait sur la nature, et dans cette lourdeur on n'entendait que le clapotis de l'eau et le souffle profond de la blanchisseuse – un souffle de jument rassasiée, que l'homme suivait avec un mol abandon de tous ses sens, éprouvant des picotements et de petits frissons luxurieux. Il avait les yeux fixés sur les bas de Nora, qui étaient tombés sur les chevilles, découvrant les mollets nus : deux yeux saillants, aux prunelles jaunâtres qui, de temps en temps, disparaissaient sous les paupières, comme des grains de raisin dans de l'eau trouble.

Nora, en se retournant, rencontra ces yeux et n'en eut pas horreur. Mais, elle sentit courir dans ses veines un flot de sang ardent, devant l'aspect encore robuste de son beau-père, dans cette chaleur qui affaiblissait les membres et aiguisait les désirs.

— Où est Rocco ? demanda l'homme, la voix faible, en s'approchant.

— En bas, à moissonner.

Et Nora montra la campagne desséchée, qui paraissait être un désert sans limite.

*

Rocco moissonnait, moissonnait… Il passait sa faucille sur le pied des gerbes de blé, avec des coups réguliers et fréquents, comme si la fatigue n'eût jamais dominé son bras. La terre flamboyait ; les moissons envoyaient des bouffées de feu ; l'air engourdi pesait sur les bronches, pesait sur le cerveau, comme chargé de vapeurs méphitiques. Et Rocco moissonnait, les yeux éblouis par les éclairs de la faucille, les mains gonflées qui lui paraissaient prêtes à éclater, marchant à quatre pattes, sans avoir conscience de lui-même, devenu presque insensible à cette torture, ayant presque oublié d'être vivant. Le champ s'étendait devant lui, avec de larges ondulations produites par le vent : il ne finissait jamais, ce champ ! Les épis se multipliaient à peine coupés, et ils se multipliaient, et ils se multipliaient… Les autres moissonneurs se traînaient, muets et taciturnes, sans un chant, sans un mot. Cependant, il y avait le Corvo, qui avait toujours une cantilène à la bouche, une cantilène de trois notes, mélancolique, pareille à la plainte d'une théorbe, une cantilène apprise Dieu sait de qui, Dieu sait où… Elle ressemblait à un accompagnement funèbre ; et, à cette musique, la vie de ces hommes s'usait sans trêve ni repos, comme le manche de leurs serpes.

Quand le soleil mourait au milieu des vapeurs violâtres et écarlates dans la montagne, et que les chiens commençaient à aboyer au loin, Rocco retournait près de sa femme, épuisé, chancelant, avec la peau encore en feu sur sa maigre carcasse, avec les yeux encore éblouis. Il voyait flotter devant lui, dans l'air, de grandes taches jaunes.

Et dès qu'il arrivait, Nora lui mettait sous le nez une écuelle pleine de soupe qu'il dévorait, sans lever la tête, avec l'avidité d'un chien affamé. Il ne regardait pas cette femme débordante de jeunesse et de luxure, cette femme aux flancs féconds et aux mamelles gonflées de lait ; il ne sentait pas l'odeur de cette chair en rut. Il avait toujours des taches jaunes devant les yeux : il allait aussitôt se jeter dans un coin, sur de la paille, comme une bête fourbue, et il dormait. Il était laid, le poil roussâtre, la peau d'une couleur de vieux cuivre, avec un mouchoir noué autour de la face comme s'il avait des plaies, avec de longues mèches de cheveux gras tombant sur son front bas et son cou de tortue... Pouah !

*

Ce soir-là, il remontait par le sentier tracé sous les néfliers sauvages, ouvrant la bouche pour boire au moins une gorgée d'air marin. Dans le ciel rasséréné, d'un ton émeraudé, montait le premier quartier de la lune : c'était un samedi de juillet.

Il rencontra son père non loin de là, qui était debout, la pipe à la bouche, l'attendant pour lui prendre l'argent de sa paie.

— Bonsoir, *tata*.

— Bonsoir. Donne-moi...

Rocco sortit de sa poche une poignée de sous. Puis, ils cheminèrent en silence jusque dans la cour, le père marchait le premier en fumant sa pipe, le fils derrière, comme un chien battu. Quand Nora les vit entrer ensemble, elle se troubla, sentit en elle une terreur vague et pâlit. Rocco se dirigea vers la table, du pas incertain d'un aveugle, élargissant ses yeux gris, comme pour absorber toute la faible clarté du crépuscule. Il était abruti par la fatigue et le soleil : il travaillait de l'aube au soir, comme un bœuf à la charrue, pour que son père s'engraissât dans la fainéantise, fumant et buvant ces quelques sous si péniblement gagnés ; il travaillait sans une plainte, sans un désir, sans une révolte, vraiment comme un bœuf à la charrue, dans les champs des autres. Quant à lui, il ne possédait que sa serpe, sa bêche et deux bras qui ne se fatiguaient jamais.

Il possédait aussi une fille, une enfant de trois ans, replète, presque étouffée par la graisse, avec des cheveux blonds et rares, avec deux petits yeux qui s'ouvraient dans la blancheur de la face, ainsi que deux fleurs d'azur dans du lait – deux yeux toujours étonnés quand ils se fixaient sur lui.

Il engloutit la soupe et alla se jeter sur la paille ; mais ce peu de nourriture lui donnait la nausée, tandis que de longs frissons lui couraient dans les os et que la soif lui brûlait la gorge. Cependant, il resta là, immobile, les yeux grands ouverts, ne voyant que de brusques flamboiements et des cercles de feu tournoyant dans l'obscurité. Dans cette obscurité, il n'aperçut pas l'ombre de son père qui traversait la chambre, les pieds nus, sans vêtement, haletant et tremblant de concupiscence, tâtonnant autour de lui avec des doigts convulsés pour chercher la chair de Nora ; il n'entendit pas le cri de l'enfant qui, dans son sommeil, avait senti le contact incertain de ces mains…

La petite fenêtre était ouverte : par là, entraient le long murmure de la grève et l'haleine odorante de la nuit sous la lune nouvelle.

*

À l'aube, Rocco sortit d'une léthargie malsaine. Il avait de la peine à se mettre sur ses pieds : il avait dans la tête un étourdissement, une irrésistible pesanteur et, sur le visage, de petites taches rouges à fleur de peau. Il prit ses instruments de travail et se traîna vers le champ, les genoux ployant à chaque pas.

Alentour, la plaine se perdait dans la fraîche blancheur du matin ; la mer se fondait dans une légère teinte indigo. Dans les néfliers sauvages, quelques oiseaux sauvages babillaient.

Il arriva près de son sillon et tira sa faucille ; mais les forces lui manquèrent tout à coup et il tomba en avant.

— Encore un ! fit le Corvo entre ses dents, interrompant sa cantilène.

*

C'étaient les terribles symptômes du typhus. Il était là, allongé sur le lit du père, défait, avec les chairs flasques qui distillaient une sueur grasse, le ventre tendu comme une outre, la face terreuse, les narines sèches, les yeux couverts d'un voile de mucosités, pareils à ceux d'une brebis morte. Dans sa bouche noirâtre, gargouillaient des sons incompréhensibles.

— Nora ! murmura-t-il, une fois.

Mais personne ne s'approchait. Dans cette pièce basse, sombre, remplie de miasmes humains, il sentait son être se dissoudre peu à peu, il sentait la puanteur de son propre cadavre, comme dans un tombeau.

Quelles nuits, quelles longues nuits d'agonie !… Dans la chambre voisine, sa femme veillait, atterrée, se cachant sous ses couvertures, la gorge serrée par les sanglots, frissonnant quand une plainte rauque, un râle, un cri arrivaient jusqu'à elle. Le remords de son péché la tenaillait intérieurement ; et cependant, quand son beau-père lui caressait la gorge de ses doigts contractés, elle s'abandonnait à cet embrassement, sans résistance, avec un désir d'indomptable luxure, comme une chienne en chaleur.

Une fois seulement, elle se rebella.

— Qu'est-ce que tu veux de moi ? demanda-t-elle à cet homme d'une voix chevrotante, qui semblait sortir d'un chalumeau fendu, en se dressant sur son lit et en le repoussant de ses poings fermés. Que veux-tu ?... Tu es donc le diable, toi ?

Il ne répondit pas, n'eut aucune violence, et voulut s'enfuir. Il traversa la chambre de Rocco, les cheveux hérissés de terreur ; il sortit, fou de peur, se perdit dans le sentier, se perdit dans la campagne qui dormait sous la lune sereine. Les miaulements des chattes amoureuses lui glaçaient le sang dans les veines.

*

Pourtant, ils se revirent... Ils se revirent dans le fenil de la Truva, le lendemain, tandis que le libeccio[1] soufflait dans la pureté du crépuscule, sous la grande clarté métallique du ciel. Ils étaient là dedans comme dans une tanière : le foin bouillonnait autour d'eux, envoyant des bouffées de chaleur et d'odeurs violentes, presque comme si c'eût été de la matière vivante en fermentation ; on entendait des rumeurs, des craquements continus ; on eût dit qu'un incendie intérieur commençait à détruire ces amoncellements ou bien qu'au fond des meules grouillait tout un monde d'insectes dévorateurs. De temps en temps, le vent entrait comme une invisible flamme.

— Qu'est-ce qu'il t'a dit ? demanda le beau-père, à voix basse.

— Il ne m'a rien dit. Je lui ai porté le camphre... Il regardait par le trou de la serrure, avec des yeux hors de la tête.

Et un long frisson de dégoût la secoua tout entière, et une nausée lui contracta la gorge.

Cependant, cette femme ne comprenait encore pas tout : il y avait en elle une inquiétude indéfinie, des peurs aveugles, des remords fugaces. Elle ne se sentait attachée par aucun lien à ce moribond,

---

1 Vent du sud-ouest.

qui ne lui inspirait aucune pitié. Un prurit bestial lui irritait la chair : elle se donnait à son beau-père avec de fous emportements de désir, sans le regarder en face, sans lui jeter une parole d'amour.

— Viens ! dit-elle en se renversant en arrière, les bras croisés derrière la tête, les lèvres frémissantes comme pour hennir.

L'homme chancelait : il se sentait vieux, il se sentait lâche devant cet appétit terrible qui lui avait vidé les reins, devant ce superbe mépris du danger. Il pensa à la mort, avec un tremblement involontaire : la puanteur du typhus ne lui sortait pas des narines.

— Tu entends quelqu'un ? fit Nora, en soulevant la tête.

Et ils restèrent silencieux, le regard fixé sur la campagne noirâtre, écoutant…

— Ce n'est rien !… Viens… interrompit-elle, en se rejetant de nouveau sur le dos, tandis que le beau-père s'approchait d'elle, le visage livide, enragé de son impuissance.

Nora eut à son adresse une moue indéfinissable et une parole qui était un véritable coup de couteau. Puis, elle se redressa convulsivement sur le foin qui cédait sous son poids, les bras croisés, les yeux troubles, gardant dans le sang tout le poison du désir inassouvi ; elle descendit sur le chemin, tandis que les étoiles s'allumaient une à une sur sa tête, dans la glauque sérénité du crépuscule.

Au loin, la lente cantilène des moissonneuses arrivait des champs brûlés.

*

Rocco mourut le jour de Sainte-Anne : c'était un après-midi lourd, plein de silence. Par les fentes des volets, filtraient des rayons de soleil qui ouvraient dans l'ombre une raie grouillante de corpuscules d'or. De ce tas d'os et de chair en putréfaction, encore frémissant des derniers halètements de la douleur, encore palpitant des derniers frissons de la mort, s'élevait une puanteur meurtrière, s'exhalaient des germes empestés, qui allaient bientôt empoisonner d'autres sangs.

Personne autour du cadavre. Sur le seuil de la porte, parut l'enfant, demi nue, tenant une branche de cerises rouges dans ses mains ; la bande ensoleillée lui passait sur la tête, criblant ses cheveux blonds de fins rayons d'or. Elle regarda curieusement la couche où son père était allongé, inerte. Elle ne comprit pas, elle n'eut pas peur ; elle retourna tout doucement dans la cour presque à quatre pattes, comme une chienne grosse, en jappant...

LA MORT DE CANDIA[1]

I

Donna Cristina Lamonica, trois jours après le repas de Pâques qui, dans la maison Lamonica était, par habitude et par tradition, riche, somptueux, magnifique, avec de nombreux invités, comptait le linge et l'argenterie de table, et avec un ordre parfait, remettait toutes choses dans les commodes et dans les armoires, pour les repas futurs.

La femme de chambre Marie Bisaccia et la blanchisseuse Candida Marcanda, communément appelée Candia, étaient présentes, comme d'ordinaire, et l'aidaient dans sa besogne. Les vastes corbeilles pleines de linge étaient alignées par terre. La vaisselle d'argent et les autres ustensiles de table luisaient sur un panier plat ; ils étaient massifs, travaillés un peu rudement par des orfèvres rustiques, de formes presque liturgiques, comme le sont toutes les argenteries qui se transmettent de génération en génération dans les riches familles provinciales. Une fraîche odeur de lessive se répandait dans la chambre.

Candia prenait dans les corbeilles les nappes, les napperons, les serviettes ; elle faisait examiner à la maîtresse de céans la toile intacte, et les tendait ensuite un à un à Maria qui emplissait les tiroirs, tandis que la dame jetait dans les interstices de l'iris et marquait un chiffre sur le livre de ménage. Candia était une grande femme, osseuse et maigre, d'environ cinquante ans ; elle avait l'échine un peu courbée par son métier, les bras très longs, une tête d'oiseau rapace sur un cou de tortue. Maria Bisaccia était une Ortonaise, un peu grasse, avec un teint laiteux et des yeux clairs, elle avait le langage doux, les gestes lents et délicats d'une personne habituée à avoir les mains presque toujours occupées à confectionner des sucreries, des conserves et des confitures. Donna

---

[1] Publié dans le titre : *La fine de Candia*, dans *San-Pantaleone*, G. Barbéra, éditeur, Florence, 1886.

Cristina, née elle aussi à Ortone et élevée dans le couvent des Bénédictines, était de petite taille, avec le buste un peu abandonné par devant ; elle avait les cheveux tirant sur le rouge, le visage semé de taches de rousseur, le nez gros et long, les dents mauvaises, les yeux admirables et pudiques – elle ressemblait à un jeune prêtre vêtu d'habits féminins.

Les trois femmes mettaient un grand soin à leur travail et passaient ainsi une grande partie de l'après-midi.

Or, une fois, comme Candia s'en allait avec les corbeilles vides, donna Cristina en comptant les couverts, trouva qu'il manquait une cuillère.

— Maria ! Maria ! cria-t-elle, avec une espèce d'épouvante. Compte !… Il manque une cuillère… Compte toi-même !…

— Mais comment ? Cela ne peut pas être ? répondit Maria. Nous allons voir.

Et elle se mit à comparer les couverts, appelant chaque numéro à haute voix. Donna Cristina regardait, en secouant la tête. L'argent tintait avec un son clair.

— C'est vrai ! s'écria enfin Maria, avec un geste de désespoir. Et maintenant, qu'allons-nous faire ?

Elle était à l'abri de tout soupçon. Elle avait donné des preuves de fidélité et d'honnêteté dans cette famille, depuis quinze ans. Elle était venue d'Ortone avec donna Cristina, à l'époque des noces de celle-ci, faisant presque partie de l'apanage matrimonial ; et, désormais, elle avait acquis une certaine autorité dans la maison, sous la protection directe de sa maîtresse. Elle était pleine de superstitions religieuses, pleine de dévotion pour son saint et son clocher, et, au fond, très rusée. Avec sa maîtresse, elle avait noué une espèce d'alliance hostile contre toutes les choses de Pescare, et surtout contre le saint Patron de la ville. À chaque occasion, elle parlait du pays natal, des beautés et des richesses du pays natal, des splendeurs de sa basilique, des trésors de San-Tommaso, de la magnificence des cérémonies religieuses, les comparant à la misère de San-Cetteo, qui ne possédait, en fait de reliques, qu'un seul pauvre petit bras d'argent.

Donna Cristina dit :

— Regarde bien partout.

Maria sortit de la chambre pour aller chercher l'objet. Elle remua inutilement tous les coins de la maison et de la terrasse. Elle revint les mains vides.

— Elle n'y est pas ! elle n'y est pas !...

Alors toutes les deux se mirent à réfléchir, à faire des conjectures, à fouiller dans leur mémoire. Elles sortirent sur la terrasse qui donnait dans la cour, elles allèrent dans la buanderie, pour se livrer à une dernière recherche. Comme elles parlaient à voix haute, les commères parurent aux fenêtres des maisons voisines.

— Qu'est-ce qu'il vous est arrivé, donna Cristina ? Dites... dites !

Donna Cristina et Maria racontèrent l'histoire, avec beaucoup de paroles et de gestes.

— Jésus ! Jésus !... Il y a donc des voleurs ?

En un moment, le bruit du vol se répandit dans le voisinage, dans tout Pescare. Hommes et femmes se mirent à discuter, à imaginer qui pouvait être le coupable. La nouvelle, en arrivant aux dernières maisons du faubourg San-Agostino, grossit et grandit : il ne s'agissait plus d'une simple cuillère, mais de toute l'argenterie de la maison Lamonica.

Or, comme le temps était beau, que les roses commençaient à fleurir sur la terrasse et que les serins chantaient dans leur cage, les deux commères s'attardèrent à leurs croisées, heureuses de jaser par ce soleil éclatant, par cette douce chaleur. Les têtes féminines se montraient entre les vases de basilic et tout ce bavardage paraissait amuser les chats sur les gouttières.

Donna Cristina dit, en joignant les mains :

— Qui cela peut-il bien être ?

Donna Isabella Sersale, surnommée la Fouine, parce qu'elle avait les gestes vifs et furtifs d'un petit animal de rapine, demanda de sa voix perçante :

— Qui donc était avec vous, donna Cristina ? Il me semble avoir vu passer Candia...

— Ah !... s'écria donna Felicetta Margasanta, appelée la Pie, à cause de son continuel babillage.

— Ah ! ah ! répétèrent les commères en chœur.

— Et vous n'y pensiez pas ?

— Et vous ne remarquiez rien ?
— Vous ne savez donc pas qui est Candia ?
— Nous vous dirons, nous, qui est Candia !
— Certainement !
— Nous vous le dirons !
— Elle lave bien le linge, il n'y a pas à dire… C'est la meilleure blanchisseuse de Pescare, il n'y a pas à dire… Mais elle a le défaut d'avoir les doigts trop longs… Vous l'ignoriez, commère ?
— À moi, une fois, il m'a manqué deux serviettes.
— À moi, une nappe.
— À moi, une chemise.
— À moi, trois paires de chaussettes.
— À moi, deux taies d'oreiller.
— À moi, un jupon neuf.
— Je n'ai jamais pu ravoir les objets perdus, perdus.
— Ni moi non plus.
— Ni moi non plus.
— Mais, je ne l'ai pas chassée, parce que qui prendre à sa place ? Silvestra ?…
— Ah ! ah !
— Angelantonia ? L'Africaine…
— L'une est pire que l'autre !
— Il faut avoir de la patience.
— Mais une cuillère, à présent !…
— C'en est vraiment trop !
— Ne passez pas cela sous silence, donna Cristina, ne passez pas cela sous silence !…
— N'ayez pas peur, interrompit Maria Bisaccia qui, bien qu'elle eût l'aspect placide et bonasse, ne manquait pas une occasion de faire du tort aux autres serviteurs de la maison. Nous y penserons, donna Isabella, nous y penserons !

Et les caquets continuèrent de la terrasse aux fenêtres. Et, de bouche en bouche, l'accusation s'étendit dans tout le pays.

II

Le lendemain matin, tandis que Candia Marcanda avait les bras dans la lessive, le garde communal Biagio Pesce, surnommé le petit Caporal, parut sur le seuil de la porte.

Il dit à la blanchisseuse :

— M. le Syndic te veut tout de suite à la Mairie.

— Quoi ? demanda Candia en fronçant les sourcils, sans laisser sa besogne.

— M. le Syndic te veut tout de suite à la Mairie.

— Qu'est-ce qu'il me veut ? continua à demander Candia, d'un ton brusque, ne sachant à quoi attribuer cet appel imprévu et se cabrant comme les bêtes rétives devant une ombre.

— Je ne sais pas, répondit le petit Caporal. J'ai reçu l'ordre, voilà tout.

— Quel ordre ?

La femme, par un entêtement particulier, ne cessait pas ses demandes. Elle ne pouvait se persuader de la chose.

— Le Syndic me veut ? Et pourquoi ? Qu'est-ce que j'ai fait ? Je ne veux pas y aller. Je n'ai rien fait, moi !

Le petit Caporal, impatienté, s'écria :

— Ah ! tu ne veux pas venir ?... Prends garde à toi !

Et il s'en alla en grognant, la main posée sur la garde de son vieux sabre.

Cependant, dans la ruelle, quelques voisins qui avaient entendu le dialogue, sortirent sur le pas de leurs portes et se mirent à examiner Candia qui agitait sa lessive. Et, comme ils savaient l'histoire de la cuillère d'argent, ils riaient entre eux et disaient des mots ambigus que Candia ne comprenait pas. Une inquiétude la saisit devant ces rires et ces quolibets. Et son inquiétude s'accrut, quand le petit Caporal apparut de nouveau, accompagné d'un autre garde.

— Marche ! lui dit résolument le petit Caporal.

Candia s'essuya les bras en silence et obéit. Sur la place, les gens s'arrêtaient. Rosa Panara, une ennemie, debout sur le pas de sa boutique, eut un éclat de rire féroce.

La blanchisseuse, effarée, ne comprenant pas la cause de cette persécution, ne savait que dire.

Devant la mairie, se tenait un groupe de curieux, qui voulaient la voir passer. Candia, prise de colère, monta quatre à quatre l'escalier ; elle arriva hors d'haleine devant le Syndic et lui demanda :

— Mais qu'est-ce que vous me voulez ?

Don Silla, un homme pacifique, resta un moment troublé par la voix rude de la blanchisseuse et jeta un regard de détresse sur les deux fidèles gardiens de la dignité communale. Cependant, il dit en prenant une prise de tabac dans sa boîte de corne :

— Asseyez-vous, ma fille.

Candia resta debout. Son nez crochu était gonflé de colère et ses joues rugueuses avaient un singulier frémissement.

— Eh bien, don Silla ?

— Vous avez été hier rapporter le linge chez donna Cristina Lamonica ?

— Eh bien ! qu'est-ce qu'il y a ? Est-ce qu'il manque quelque chose ? Nous avons tout compté, pièce par pièce… Il ne manque rien… Qu'est-ce qu'il y a, maintenant ?

— Un moment, ma fille ! L'argenterie se trouvait dans la même pièce…

Candia, devinant enfin, se retourna comme un faucon prêt à fondre sur sa proie : ses lèvres tremblaient.

— L'argenterie se trouvait dans la même pièce et donna Cristina ne peut retrouver une cuillère… Comprenez-vous, ma fille ? Peut-être, l'avez-vous prise… par erreur ?

Candia bondit comme une chèvre, devant cette accusation imméritée. En vérité, elle n'avait rien pris.

— Moi ? moi ? Qui dit cela ? Qui m'a vue ? Cela m'étonne de votre part, don Silla ! Oui, cela m'étonne de votre part !… Une voleuse, moi !… moi !

Et son indignation n'en finissait pas. Elle était d'autant plus blessée du soupçon injuste, qu'elle se sentait parfaitement capable de commettre l'action qu'on lui reprochait.

— Donc, vous ne l'avez pas prise ? interrompit don Silla, en se blottissant prudemment au fond de sa grande chaise curule.

— Cela m'étonne de votre part, don Silla ! grogna de nouveau la femme, agitant ses longs bras comme deux bâtons.

— C'est bon ! allez-vous-en, on verra !

Candia sortit, sans saluer, se cognant contre le battant de la porte. Elle était devenue verte : elle était hors d'elle-même. Quand elle se trouva dans la rue et vit tout ce monde rassemblé, elle comprit que l'opinion publique était désormais contre elle et que personne ne croirait à son innocence. Néanmoins, elle se mit à crier sa justification. Les gens riaient et s'éloignaient. Furibonde, elle retourna à la maison ; elle se désespéra et se mit à sangloter sur le seuil.

Don Donato Brandimarte, qui habitait à côté, lui dit en plaisantant :

— Pleure fort, pleure bien fort, car il passe du monde.

Comme le linge sale attendait la lessive, elle se calma enfin ; elle releva ses manches et se remit à la besogne. Tout en travaillant, elle pensait à se justifier, elle bâtissait un système de défense et cherchait dans sa cervelle de femme rusée un moyen habile de prouver son innocence ; tout en réfléchissant, elle s'aidait des divers expédients de la dialectique plébéienne, pour mettre sur pied un raisonnement qui persuadât les incrédules.

Puis, quand elle eut terminé son ouvrage, elle sortit et voulut aller d'abord chez donna Cristina.

Celle-ci ne se fit pas voir. Maria Bisaccia écouta le flot de paroles de Candia en secouant la tête, sans rien répondre et elle se retira avec dignité.

Alors, Candia fit le tour de toutes ses clientes. À chacune, elle raconta l'incident, à chacune elle exposa sa défense, ajoutant toujours un nouvel argument, allongeant ses discours, s'échauffant, se désespérant devant l'incrédulité et la défiance générales – mais inutilement. Elle sentait que désormais il ne lui était plus possible de se disculper. Son âme fut envahie par une espèce de sombre abattement. – Que faire de plus ? Que dire de plus ?...

III

Cependant donna Cristina Lamonica envoya appeler la Chenille, une femme du commun, qui faisait profession de magie et de médecine empirique, avec beaucoup de succès. La Chenille avait quelquefois découvert des objets disparus ; et on assurait même qu'elle avait des relations secrètes avec les voleurs des environs.

Donna Cristina lui dit :

— Retrouve-moi la cuillère et je te ferai un beau cadeau.

La Chenille répondit :

— C'est bien, mais il me faut vingt-quatre heures.

Et vingt-quatre heures plus tard, elle apporta la réponse : la cuillère se trouvait dans un trou, au milieu de la cour, près du puits.

Donna Cristina et Maria descendirent dans la cour, cherchèrent et trouvèrent l'objet, à leur grand étonnement.

La nouvelle se répandit rapidement dans Pescare.

Alors, Candia Marcanda, triomphante, se mit à parcourir les rues. Elle semblait plus grande et tenait la tête haute, toute souriante, regardant les autres dans les yeux, comme pour dire :

— Avez-vous vu ? avez-vous vu ?

Les gens dans les boutiques, sur son passage, murmuraient quelques mots et puis faisaient entendre un ricanement significatif. Filippo La Salvi, qui était en train de boire un verre de bonne eau-de-vie, dans le café d'Angeladea, appela Candia.

— Un petit verre de fine pour Candia ?

La femme, qui aimait les liqueurs fortes, fit avec les lèvres une grimace de convoitise.

Filippo La Salvi ajouta :

— Tu le mérites bien, il n'y a pas à dire !

Un rassemblement d'oisifs s'était formé devant le café. Tous avaient une expression moqueuse sur le visage.

Filippo La Salvi se tourna vers l'auditoire, tandis que la femme buvait :

— Elle a bien su s'y prendre, pas vrai ?... Les vieux renards...

Et il frappa familièrement sur l'épaule osseuse de la blanchisseuse.

Tous se mirent à rire.

Magnafava, un petit bossu, bête et bègue, posant l'index de la main droite sur celui de la main gauche, avec un geste grotesque, dit, en appuyant sur chaque syllabe :

— Ca... ca... ca... Candia... et la... la... la... Chenille...

Et il continua à s'agiter et à bégayer d'un air rusé, pour montrer que Candia et la Chenille s'entendaient ensemble. Tous les assistants, en le regardant, se tordaient de rire.

Candia resta un moment atterrée, le verre à la main. Puis, brusquement, elle comprit tout. Ils ne croyaient pas à son innocence ; ils l'accusaient d'avoir secrètement rapporté la cuillère d'argent, d'accord avec la sorcière, pour ne pas avoir d'ennuis.

Alors, un transport d'aveugle colère lui monta au cerveau. Elle ne trouvait plus ses mots. Elle se jeta sur le plus faible, sur le petit bossu, et lui administra une grêle de coups. Le public, pris d'une joie cruelle devant cette lutte, formait un cercle bruyant, comme autour d'un combat d'animaux et excitait les deux parties du geste et de la voix.

Magnafava, épouvanté par cet accès de rage inattendu, cherchait à fuir, sautillant comme un singe, et, maintenu par les terribles mains de la blanchisseuse, tournoyait avec une rapidité croissante, comme une pierre dans la fronde, jusqu'à ce qu'il tombât violemment à terre.

Quelques-uns se précipitèrent pour le relever. Candia s'éloigna au milieu des sifflets ; elle alla s'enfermer à la maison, se jeta en travers du lit, sanglotant et se mordant les doigts, en proie à une grande douleur. Cette nouvelle accusation la brûlait davantage que la première, car elle se sentait aussi capable de ce subterfuge. Comment se disculper à présent ? Comment éclaircir la vérité ? Elle se désespérait, en songeant qu'elle ne pouvait même pas invoquer pour sa défense des difficultés matérielles qui l'auraient empêchée de commettre le méfait. L'accès de la cour était très facile : une porte, mal fermée, conduisait au premier palier du grand escalier ; pour enlever les ordures ou pour toute autre besogne, une quantité de gens entraient et sortaient par cette porte. Donc, elle ne pouvait fermer la bouche à ses accusateurs, en leur disant : « Comment aurais-je fait pour pénétrer dans la maison ? » Les moyens pour conduire l'entreprise à bonne fin, étaient nombreux et faciles, et c'est sur cette facilité que se basait la croyance populaire.

Candia chercha alors différents arguments de persuasion ; elle imagina trois, quatre, cinq cas divers pour expliquer comment la cuillère avait pu se trouver dans le trou de la cour ; elle recourut à des artifices et à des chicanes de tous genres ; elle subtilisa avec une ingéniosité singulière. Puis, elle se mit à faire le tour des boutiques, des maisons, cherchant de toute manière à vaincre l'incrédulité publique et on écoutait ces raisonnements captieux, en s'amusant.

Puis, à la fin, on disait :

— C'est bien ! c'est bien !

Mais avec un tel son de voix que Candia restait anéantie. – Toutes ses peines étaient donc inutiles ! On ne croyait pas en elle ! on ne croyait pas en elle ! – Et, avec une admirable ténacité, elle revenait à l'assaut. Elle passait des nuits entières à imaginer des raisons nouvelles, à construire de nouveaux édifices, à surmonter de nouveaux obstacles. Et peu à peu, dans ce continuel effort, son esprit s'affaiblissait, elle ne pouvait plus penser à autre chose qu'à la cuillère d'argent, elle n'avait presque plus conscience des choses de la vie courante. Plus tard, à cause de la cruauté des gens, une vraie manie s'empara du cerveau de la pauvre femme.

Candia, à force de négliger son travail, était presque tombée dans la misère. Elle lavait mal le linge, elle le perdait, elle le déchirait. Quand elle descendait au fleuve, sous le pont de fer, où étaient réunies les autres blanchisseuses, ses mains laissaient quelquefois échapper des draps qu'emportait pour toujours le courant. Elle parlait continuellement de la même chose, sans jamais se lasser. Pour ne pas l'entendre, les jeunes blanchisseuses se mettaient à chanter et la bafouaient dans des chansons avec des rimes improvisées. Elle criait, gesticulait, comme une folle.

Personne ne lui donnait plus de travail. Par compassion, ses anciennes clientes lui envoyaient de quoi manger. Peu à peu, elle s'habitua à mendier. Elle allait dans les rues, toute haillonneuse, courbée et misérable. Les gamins couraient derrière elle, en criant :

— Dis-nous l'histoire de la cuillère, que nous ne connaissons pas, tante Candia !

Elle arrêtait les passants inconnus pour leur raconter cette fameuse histoire et pour leur présenter sa défense. Les mauvais sujets l'appelaient et, pour un sou, lui faisaient recommencer trois ou quatre fois son récit ; puis, ils en discutaient les arguments ou bien ils l'écoutaient jusqu'au bout sans rien dire, et à la fin, frappaient Candia d'un seul mot. Elle secouait la tête, passait outre, se joignait à d'autres pauvresses et raisonnait avec elles, toujours, toujours, infatigable, indomptable. Elle avait une prédilection pour une femme sourde, qui avait sur la peau une espèce de lèpre rouge et boitait d'un pied.

Elle tomba malade pendant l'hiver de 1874. La lépreuse l'assista et donna Cristina Lamonica lui envoya un cordial et une chaufferette.

La malade, étendue sur son méchant grabat, parlait de la cuillère dans son délire ; elle se soulevait sur ses coudes, essayait de faire des gestes, pour souligner sa péroraison. La lépreuse lui prenait les mains et la recouchait pieusement.

Pendant l'agonie, tandis que ses yeux agrandis se voilaient comme d'une eau trouble qui montait de l'intérieur, Candia balbutiait :

— Ce n'était pas moi, monsieur... voyez-vous... parce que... la cuillère...

LA CHATTE[1]

Ce soir-là, l'Adriatique était violette, d'un violet sombre et brillant, sans vagues blanches, sans voiles frémissantes. Cependant, il y avait tout un essaim de voiles sur la ligne extrême de l'horizon, droites, aiguës, empourprées par la dernière flamme du soleil, se détachant sur un fond argenté, sous une broderie mobile de vapeurs qui semblaient être des profils de maisons mauresques et de minarets en fuite.

Tora descendait sur la plage, entre les dunes couvertes d'algues marines et de débris rejetés par la bourrasque, fredonnant une chanson de Francavilla – une chanson sauvage qui ne parlait pas d'amour. Après chaque strophe, dont la dernière note était prolongée à l'extrême, elle marchait en silence pendant un bout de temps, la bouche entr'ouverte, buvant le mistral saturé de sel, écoutant la marée murmurante ou le cri de quelque mouette solitaire qui volait dans l'immensité. Sa chienne la suivait, la queue basse, s'arrêtant pour flairer les algues.

— Ici, Guêpe, ici ! criait Tora en se frappant sur la cuisse.

Et l'animal prenait sa course sur le sable fauve comme son poil.

Mais cette voix fut aussi entendue par Mingo, qui était assis près de sa *paranza*[2] échouée, en train de tailler un roseau ; et son cœur eut un sursaut, parce que les yeux jaunes de Tora, ces yeux ronds de poisson mort, l'avaient transpercé un matin. Ah ! ce matin-

---
1 Publié dans *Terra Vergine*, Sommaruga, éditeur, Rome, 1882.
2 Grands bateaux de pêche de la côte Adriatique.

là !... Il s'en souvenait : elle était à la pêche des coquillages, grande et droite, les jambes plongées dans l'eau verte piquée d'étincelles d'or, en plein soleil... Il passa justement par là, sur sa *paranza*, et les pêcheurs lui jetèrent un salut ; Tora le regarda sans s'abriter les yeux de la main. Qui sait si, ensuite, elle suivit la pointe rouge de cette voile qui allait se perdre dans la haute mer, gonflée par le sirocco ?

*

— Ici, Guêpe, ici ! répéta la voix gaie, éclatante et toute proche de Tora, au milieu des aboiements de la chienne, tandis que Mingo bondissait hors de la *paranza,* en rejetant ses cheveux en arrière, avec l'agilité d'un jaguar amoureux.

— Où allez-vous, Tora ? demanda-t-il ; et son visage semblait être un coquelicot sauvage.

Tora ne répondit pas ; elle ne s'arrêta pas non plus ; il la suivit en baissant la tête, avec le cœur qui battait fort, la gorge serrée par un flot de paroles ardentes, écoutant la chanson interrompue, se sentant remué par certaines notes étranges jetées là soudainement, comme le fracas des vagues au milieu du bourdonnement monotone de la marée.

Au bois de pins, Tora s'arrêta : une bouffée d'odeur pénétrante, fraîche et saine, lui passa sur la figure avec les derniers reflets crépusculaires, qui filtraient à travers les branches.

— Tora...

— Que voulez-vous ?

— Je veux vous dire que, la nuit, je vois toujours vos yeux et que je ne puis pas dormir.

Il y avait dans les paroles du jeune homme un accent de passion si sauvage et dans son regard un éclair si désespéré, que Tora en eut un frémissement.

— C'est bon ! c'est bon !... ajouta-t-elle.

Puis, elle se perdit dans les sinuosités du bois de pins, suivie de la chienne rouge.

Mingo entendit encore les aboiements de celle-ci en bas, au petit pont, tandis qu'il regardait tristement à l'horizon les *paranze* s'enfoncer peu à peu dans l'ombre.

*

Cependant, elle n'était pas belle, la Chatte ; elle n'avait que deux prunelles jaunes, quelquefois verdâtres, immobiles dans le blanc nacré de l'œil, pleines de fascination ; et des cheveux courts, frisés, d'une couleur feuille sèche, que la lumière animait de reflets métalliques.

Elle était seule au monde, seule avec cette chienne famélique comme un chacal, seule avec ses chansons et avec sa mer.

Elle passait toutes ses matinées dans cette mer à pêcher des coquillages, elle y était encore quand les vagues montantes écumaient autour d'elle, éclaboussant son jupon court et la faisant chanceler ; et dans ces moments-là, elle était vraiment belle sous ses haillons, tandis que les mouettes, sentant l'approche de la tempête, tourbillonnaient au-dessus de sa tête. Après la pêche, elle conduisait les dindons au pâturage à travers les prés et les chaumes, en chantant des *stornelli*, tenant de longs discours à la Guêpe, qui l'écoutait patiemment, assise sur son train de derrière.

Elle n'était pas triste cependant ; ses chants avaient une monotonie mélancolique, des rythmes bizarres qui faisaient penser aux magiciens égyptiens ; mais elle les disait avec une sorte d'inconscience, comme si rien ne vibrait dans ses oreilles ni dans son âme ; elle les disait en regardant un nuage, une voile, les yeux largement ouverts, un peu étonnés, tout en plongeant son petit filet dans le sable, sans jamais se fatiguer.

Ses compagnes chantaient, elles aussi ; mais elles étaient souvent dominées par un sentiment d'épouvante, de solitude, d'angoisse, devant ces notes, devant cette voix ; elles se taisaient et baissaient leurs têtes brûlées par la canicule, sentant davantage le froid de l'eau sur leurs genoux, l'éblouissement douloureux de l'eau incendiée dans leurs yeux et la lassitude de leurs bras, tandis que la cantilène de la Chatte allait se perdre dans la paresseuse lourdeur de l'atmosphère, comme une malédiction, comme un sanglot…

*

Les paroles et les regards de Mingo la troublèrent un instant ; elle n'avait pas compris. Cependant, elle sentait tout au fond de son cœur une vague inquiétude, elle sentait presque de la colère pour ce mauvais sujet aux dents blanches et aux lèvres épaisses.

Elle s'arrêta sous les derniers pins, appela sa chienne et caressa son poil rude ; puis, quand elle se redressa, elle était redevenue froide, sereine et fredonnait.

Mais, par un après-midi d'août, elle retourna dans le bois de pins avec un troupeau de dindons, cherchant de l'ombre et elle y trouva l'amour.

Elle était appuyée contre un tronc d'arbre ; ses paupières étaient lourdes de sommeil, ses yeux pleins de reflets confus. Les bêtes paissaient alentour, enfonçant leurs têtes tachetées dans l'herbe grouillante d'insectes, et deux d'entre elles s'étaient juchées sur un buisson de myrthe ; le vent soufflait sous les coupoles vertes, en chuchotant ; et, au loin, s'étendaient le rivage brûlé et la ligne bleue de la mer couverte de voiles.

Mingo parut entre les troncs serrés et s'approcha peu à peu, retenant sa respiration ; et il s'approcha, et il s'approcha... Sa magicienne était là, assoupie, debout, cramponnée à un tronc desséché.

— Tora !

Elle tressaillit, se retourna et ouvrit ses deux yeux ronds, pleins de stupeur.

— Tora ! répéta Mingo tout tremblant.

— Que voulez-vous ?

— Je veux vous dire que, la nuit, je vois toujours vos yeux et que je ne puis pas dormir.

Alors, peut-être comprit-elle : Tora baissa la tête, paraissant écouter ou chercher quelque chose dans son souvenir : elle avait déjà entendu ces mots une autre fois, et c'était la même voix ; elle ne se rappelait plus où, mais elle les avait entendus. Elle releva la tête : le marin était devant elle, comme ensorcelé, le visage en feu, les lèvres convulsées, jeune et fort ; le vent apportait les bouffées parfumées des herbes sauvages, et, à travers les troncs tordus des pins, l'Adriatique n'était qu'un scintillement d'étincelles.

— Ohé ! Mingo !... hurla une voix dure, au loin.

Il tressaillit, saisit la main de Tora, la serra de toutes ses forces, puis se mit à courir sur le sable comme un forcené, se dirigeant vers la *paranza* qui l'attendait sur l'eau, en se dandinant.

— Mingo ! murmura la Chatte avec un accent étrange, fixant ses yeux d'or sur la voile latine qui s'éloignait rapidement.

Elle se mit à rire comme une enfant ; au retour, elle chantait une chanson joyeuse au rythme de tarentelle, chassant devant elle avec son long roseau les dindons rassasiés, tandis que le soleil se couchait sanglant derrière Montecorno, au milieu des nuages battus par un brusque coup de vent du sud-ouest.

*

Mais avec ce vent, la bourrasque vint dans la nuit, et la mer montait jusqu'aux maisons, avec des hurlements à faire frissonner ; tous les pauvres gens de la plage restaient enfermés, écoutant la rafale et priant pour les pêcheurs la Vierge très sainte.

Seule, la Chatte errait dans les ténèbres comme une bête fauve, la tête basse, fouillant l'onde de ses yeux ronds pleins d'angoisse, tendant l'oreille pour écouter si quelques cris humains venaient jusqu'à elle. – Rien. Dans le tumulte des éléments en furie, on n'entendait que les jappements rauques de la Guêpe, perdue là-bas, très loin, Dieu sait où !

Et elle s'approchait, et elle s'approchait de la mer, éblouie par les éclairs qui découvraient toute une étendue d'eau bouleversée, tout un morceau de plage désolée. Elle s'approcha trop près : une vague l'assaillit et la renversa ; une autre passa sur elle, faisant pénétrer dans ses veines un froid mortel, tandis que, rendue féroce par l'instinct de la conservation, elle se tordait désespérément comme un dauphin ensablé, luttant contre l'eau qui la poursuivait, lui emplissait d'amertume sa bouche ouverte par les hurlements, se débattant sur le sable qui cédait sous elle, à chacun de ses efforts.

À la fin, elle put se redresser sur ses genoux, se sauver à quatre pattes, se dérober à la colère de la tempête ; et elle rentra dans sa tanière, ruisselante, glacée, les dents serrées, folle de terreur et d'amour.

*

Au matin, l'Adriatique était calme, gluante comme de la naphte, sans une voile, muette, implacable, cruelle... La Chatte crut sortir des angoisses d'un cauchemar ; elle éprouva une sensation nouvelle de solitude, d'inquiétude, une peur de l'ombre... Puis, dans ses grands yeux jaunes, revint son regard immobile de poisson mort...

Et elle va encore avec ses compagnes se fatiguer les bras, se glacer les pieds dans l'eau et se brûler le crâne au soleil ; ses cantilènes continuent à flotter dans l'air splendide et triste, pleurant un mort, pénétrant dans le cœur de tous ces pauvres gens qui soupirent après un morceau de pain, sans espérance, sans consolation, sans repos, tandis que des vols de mouettes passent et repassent, jetant leurs cris de liberté aux ciels orageux ou sereins.

LE COCHON DE MAÎTRE PEPPE[1]

Quand les sept éternûments de Maître Peppe De Sieri, dit La Bravetta[2], retentissaient consécutivement sur la Place Communale, tous les habitants de Pescare se mettaient à table et commençaient leur repas. Aussitôt après, la grosse cloche sonnait les douze coups de midi et une hilarité unanime se répandait dans les maisons.

Pendant nombre d'années, La Bravetta donna aux gens de Pescare ce joyeux signal quotidien et la réputation de ses merveilleux éternûments se répandit dans tout le pays, ainsi que dans les environs. Le souvenir en est encore vivant parmi le bon peuple et reste fixé dans un proverbe qui durera encore dans les temps à venir.

I

Maître Peppe La Bravetta était un homme du peuple, corpulent, trapu, la face prospère et stupide, les yeux pareils à ceux d'un veau qui tette, les mains et les pieds d'une extraordinaire dimension. Et comme il avait un nez très long, charnu et singulièrement mobile ; et comme il avait les mâchoires fortes, quand il riait ou éternuait, il ressemblait à ces veaux marins, dont la graisse tremble comme de la gélatine, du moins à ce que racontent les gens de mer. De ces animaux, il avait aussi la paresse, la lenteur des mouvements, les attitudes ridicules, l'amour du sommeil. Il ne pouvait passer de l'ombre au soleil ou du soleil à l'ombre, sans qu'une irrésistible poussée d'air s'échappât bruyamment par sa bouche ou par ses

---

1 Cette nouvelle est presque entièrement écrite dans l'**énergique et savoureux dialecte des Abruzzes qui sont**, comme on le sait, le pays natal de Gabriele d'Annunzio ; Elle a été publiée sous le titre : *La fattura*, dans *San-Pantaleone*, G. Barbera, **éditeur**, Florence, 1882.
2 Le petit brave.

narines. Le fracas, surtout aux heures tranquilles, s'entendait à grande distance et, comme il se produisait à des moments déterminés, il servait d'horloge à presque tous les citadins.

Maître Peppe, dans sa jeunesse, avait tenu un petit commerce de macaroni ; il avait prospéré dans une douce stupidité, au milieu des écheveaux de pâte, du bruit égal des blutoirs et des roues, de l'air moite, chargé de poussière de farine. Plus tard, dans sa maturité, il s'était uni en justes noces avec une certaine donna Pelagia, de la commune des Castelli et, ayant abandonné le négoce des pâtes alimentaires, il s'était mis à vendre des faïences, des poteries et des majoliques, cruches, plats, vases, toute cette vaisselle ingénument décorée, dont les ouvriers des Castelli couvrent les tables de la terre des Abruzzes. Au milieu de la simplicité rustique, je dirai presque de la piété de ces objets aux formes immuables depuis des siècles et invariables, il vivait tranquillement, en éternuant. Et comme sa femme était avare, l'avarice avait peu à peu gagné et enveloppé l'âme étroite de La Bravetta.

Maintenant, il possédait, sur la rive droite du fleuve, une terre avec une maison rurale, juste à l'endroit où le courant change de direction et forme presque un vert amphithéâtre lacustre. Le terrain sans cesse arrosé produisait des herbages en grande abondance, plus que du raisin et des céréales ; et un cochon s'y engraissait annuellement, sous un chêne chargé de glands. Chaque année, au mois de janvier, La Bravetta allait avec sa femme dans sa propriété, où il restait, en l'honneur de saint Antoine, jusqu'à ce que le cochon fût occis et salé.

Il advint une fois que, sa femme étant malade, La Bravetta alla tout seul surveiller le supplice.

Sur une vaste table, l'animal, tenu par deux ou trois paysans, fut saigné avec un couteau très propre. Les grognements retentirent dans toute la solitude fluviale ; puis, ils se firent plus faibles et se perdirent dans le bouillonnement chaud et vermeil du sang qui jaillissait de la blessure béante, tandis que le gros corps avait ses derniers soubresauts. Le soleil de l'année nouvelle buvait la buée qui flottait sur la rivière et sur les terres humides. La Bravetta regardait, avec une aimable férocité, le meurtrier Lepruccio brûler avec un fer rouge les yeux du cochon enfoncés dans la graisse et il se réjouissait, en entendant grésiller la chair, à la pensée de tout ce lard et de tous ces jambons futurs.

Le corps fut soulevé, à force de bras, jusqu'au crochet d'une sorte de potence grossière, et resta suspendu la tête en bas. Puis, avec des roseaux allumés, les paysans brûlèrent toutes les soies ; les flammes crépitaient presque invisibles dans la grande lumière du jour. Lepruccio, enfin, se mit à racler avec une lame d'acier brillante ce corps noirâtre qu'un autre paysan aspergeait en même temps d'eau bouillante. La peau, peu à peu, devenait nette, d'une vague pâleur rosée et fumait au soleil. Et Lepruccio, qui avait la figure ridée et luisante d'une vieille femme, avec ses anneaux d'or aux oreilles, serrait les lèvres dans sa besogne, se reculant, se rapprochant, se baissant pour mieux voir.

Quand le travail fut achevé, Maître Peppe ordonna aux paysans de mettre le cochon dans un endroit couvert. Jamais, les années précédentes, il n'avait vu une pareille masse de chair et, du fond du cœur, il regrettait que sa femme ne fût pas là pour s'en réjouir avec elle.

Alors, vers la fin de la journée, apparurent deux amis, Matteo Puriello et Biagio Quaglia ; ils venaient de chez don Bergamino Camplone, un prêtre qui s'occupait de commerce, et dont la maison était proche. C'étaient de joyeux compères, pleins de ressources et d'inventions, débauchés, sans conscience, toujours prêts à s'amuser ; et comme ils avaient appris la mort du cochon et l'absence de donna Pelagia, ils venaient tenter La Bravetta, espérant quelque bonne aventure.

Matteo Puriello, dit Ciávola[1], était un homme allant sur la cinquantaine, chasseur clandestin, grand et maigre, avec des cheveux blondasses, la peau du visage jaunâtre, des moustaches rudes et taillées en brosse ; sa tête avait l'aspect d'une figure de bois, sur laquelle serait restée la trace légère d'une dorure ancienne. Ses yeux ronds, vifs, mobiles, inquiets comme ceux d'une bête traquée, luisaient pareils à deux pièces d'argent toutes neuves. Son grand corps, presque toujours vêtu d'un drap de couleur terreuse, avait les attitudes, les mouvements, le pas balancé de ces longs lévriers barbaresques qui attrapent les lièvres à la course, dans les plaines.

Biagio Quaglia, dit le Ristabilito[2], était au contraire de taille

---

1 Bavard.
2 Celui qui est guéri.

moyenne, de quelques années plus jeune, la face rubiconde et bourgeonnée, comme les amandiers au printemps. Il avait la singulière faculté simiesque de remuer séparément les oreilles, la peau du front ou le cuir chevelu, par je ne sais quel jeu des muscles ; il avait une telle mobilité d'aspects et un si heureux pouvoir vocal d'imitations, il savait si promptement saisir le côté risible des hommes ou des choses et les rendre d'un seul geste ou d'un seul mot, que toutes les petites coteries de Pescare le recherchaient et l'invitaient, à cause de sa gaieté. Lui, dans cette douce vie de parasite, prospérait et s'amusait, jouant de la guitare aux tables nuptiales ou aux fêtes familiales. Ses yeux brillaient comme ceux d'un furet. Son crâne était couvert d'une sorte de duvet, pareil à celui qui reste sur le corps déplumé d'une oie grasse, avant d'avoir été flambée.

Or donc, quand La Bravetta aperçut ses amis, il les accueillit avec une mine enjouée, en leur disant :

— Quel bon vent vous amène ?

Et ensuite, après leur avoir fait une réception honnête et empressée, il les conduisit dans la pièce où gisait l'admirable cochon, et ajouta :

— Qu'est-ce que vous dites de cela ?... Est-ce assez beau, hein ? Voyons, parlez...

Les deux amis contemplèrent le cochon avec une silencieuse admiration, et le Ristabilito fit, selon son habitude, claquer sa langue contre son palais. Ciávola dit :

— Et qu'est-ce que tu vas en faire ?

— Je veux le saler, répondit La Bravetta avec une voix dans laquelle on sentait frémir toute une joie gloutonne pour les futures délices de sa bouche.

— Tu veux le saler ? s'écria brusquement le Ristabilito. Tu veux le saler ? Dis-moi, Ciávola, as-tu jamais vu un homme plus stupide que celui-là ? Manquer une occasion pareille !

La Bravetta, effaré, regardait alternativement chacun de ses interlocuteurs, avec ses yeux de veau qui tette.

— Donna Pelagia t'a toujours tenu sous sa férule, continua le Ristabilito. Mais puisque cette fois, elle n'est pas là pour te surveiller, vends le cochon et mangeons-en l'argent ensemble.

— Mais Pelagia... Pelagia ? balbutia La Bravetta à qui le fantôme de sa femme en colère causait une terreur immense.

— Tu lui diras qu'on t'a volé le cochon, fit le blond Ciávola, avec un geste vif d'impatience.

La Bravetta frissonna.

— Et comment veux-tu que je rentre à la maison avec cette nouvelle ? Pelagia ne me croira pas ; elle me chassera, elle me battra... Vous ne connaissez pas Pelagia, vous autres !

— Hou, Pelagia !... Hou, hou, Pelagia ! crièrent en chœur les deux rusés compagnons, se moquant du pauvre Maître Peppe.

Et le Ristabilito, aussitôt, imitant la voix pleurarde de La Bravetta et la voix aiguë de la femme, se mit à jouer une scène de comédie où Peppe était grondé et fessé comme un marmot désobéissant.

Ciávola riait en gambadant autour du porc, sans pouvoir se retenir. Maître Peppe, pris d'un violent accès d'éternûments, agitait les bras, comme pour l'arrêter. À ce bruit, les vitres de la fenêtre tremblaient et les feux du soleil couchant frappaient ces trois visages humains.

Quand le Ristabilito se tut, Ciávola dit :

— Eh bien ?... Allons-nous-en !

— Si vous voulez souper avec moi ? offrit Maître Peppe, la bouche pincée.

— Non, non, mon bel ami, interrompit Ciávola en se dirigeant vers la porte. Reste avec Pelagia et sale ton cochon.

II

Les deux amis marchèrent le long du fleuve. Au loin, les barques de Barletta chargées de sel scintillaient comme des édifices de gemmes précieuses ; du côté de Montecorno, une aube sereine se répandait dans l'air glacé et se réfléchissait dans la limpidité des eaux.

Le Ristabilito dit à Ciávola, en s'arrêtant :

— Dis-donc, veux-tu que nous volions le cochon cette nuit ?

Ciávola répondit :

— Et comment ?

Le Ristabilito répliqua :

— Moi, je m'en charge, si le cochon reste là où nous l'avons vu.

Ciávola riposta :

— Eh bien, faisons-le !... Mais après ?

Le Ristabilito s'arrêta de nouveau. Ses petits yeux brillaient comme deux escarboucles ; sa face fleurie et rubiconde s'élargissait en une grimace de joie, entre ses deux oreilles faunesques. Il répéta, laconique :

— Moi, je m'en charge.

Au loin, don Bergamino Camplone venait à leur rencontre, tout noir au milieu des peupliers dépouillés et argentés. Aussitôt que les deux compagnons l'aperçurent, ils hâtèrent le pas vers lui. Le prêtre, en voyant leur mine réjouie, demanda, tout souriant :

— Qu'est-ce que vous me dites de beau ?

Les deux amis expliquèrent brièvement leur projet à don Bergamino, qui s'y prêta avec beaucoup d'allégresse. Et le Ristabilito ajouta tout bas :

— Oui, mais il faut nous y prendre avec adresse. Vous savez que Peppe, depuis qu'il a épousé cette sale vieille femme, est devenu avare : cependant, il aime le bon vin. Eh bien ! Allez le chercher et conduisez-le-moi à la taverne d'Assaú. Vous, don Bergamino, offrez à boire à tout le monde et payez les consommations. Peppe boira le plus qu'il pourra, sans sortir un sou de sa poche et il s'administrera une bonne cuite... Après, nous ferons tranquillement notre affaire...

Ciávola approuva l'idée du Ristabilito, et le prêtre fut aussi de son avis. Ils se dirigèrent ensemble vers la maison de Maître Peppe, qui était à peine éloignée de deux portées de fusil ; et quand ils furent proches, Ciávola cria :

— Ohé, La Bravetta ! Veux-tu venir à la taverne d'Assaú ? Il y a là le curé qui nous paye un verre... Ohéééé !

La Bravetta ne s'attarda pas le long du sentier et tous les quatre se mirent en marche, à la file, plaisantant très haut, sous la clarté de la lune nouvelle. Dans la sérénité de la nuit, le miaulement des chats en amour montait par intervalle. Et le Ristabilito s'écriait :

— Peppe, est-ce que tu n'entends pas donna Pelagia qui t'appelle ?

Sur la rive gauche scintillaient les lumières de la taverne d'Assaú, qui se reflétaient dans l'eau. Or, comme le courant du fleuve était peu violent à cet endroit, Assaú avait un bachot pour passer ses clients. Au bruit des voix, en effet, l'embarcation s'agita et vint sur l'eau lumineuse prendre les nouveaux arrivés. Quand tous les quatre montèrent dans le canot, au milieu des cris joyeux, Ciávola se mit à faire osciller la barque avec ses longues jambes pour faire peur à La Bravetta, qui fut pris d'un nouvel accès d'éternûment, à cause de l'humidité fluviale.

Mais dans la taverne, autour d'une table de chêne, les amis multiplièrent les rires, les clameurs et les plaisanteries. Chacun d'eux versait à boire au bon jobard, auquel le jus vermeil des vignes du cru, âpre, un peu aigre, grattait agréablement le gosier.

— Une autre carafe ! ordonnait à chaque instant don Bergamino, en tapant sur la table.

Assaú, un gros homme velu jusqu'aux yeux comme une bête, avec des jambes torses, apportait les carafes couleur de rubis. Ciávola chantait un refrain bachique très salé, frappant en cadence sur les verres. La Bravetta, la langue pâteuse, les yeux nageant déjà dans la joie merveilleuse du vin, balbutiait de vagues phrases sur la beauté de son cochon et tenait le prêtre par la manche, afin que celui-ci l'écoutât. Au-dessus d'eux, de longues guirlandes de petits melons d'un jaune verdâtre, pendaient au plafond ; les lanternes, mal fournies d'huile, fumaient.

La nuit était avancée quand ils repassèrent le fleuve et la lune allait se coucher. En descendant sur la berge, La Bravetta faillit choir dans la vase, tant il avait les jambes molles et la vue trouble.

Le Ristabilito proposa :

— Faisons une bonne action… Ramenons-le chez lui…

Et ils le reconduisirent, en le portant par les épaules, sous les peupliers ; l'ivrogne balbutiait, en voyant confusément le tronc blanchâtre des arbres dans la nuit :

— Ah !… comme ces frères dominicains sont nombreux.

Et Ciávola de répondre :

— Ils vont quêter pour saint Antoine.

Et l'ivrogne, peu après :

— Lepruccio, Lepruccio, sept mesures de sel ne suffiront pas, comment ferons-nous ?

Arrivés devant l'entrée de la maison, les trois conjurés s'en furent. Maître Peppe gravit à grand'peine l'escalier, parlant toujours de Lepruccio et du sel. Puis, sans se souvenir d'avoir laissé la porte ouverte, il se jeta lourdement sur le lit, dans les bras du sommeil, et y resta sans remuer.

Ciávola et le Ristabilito, bien restaurés par le souper de don Bergamino, munis d'outils repliés, se mirent à l'œuvre avec une grande prudence. La lune était couchée et le ciel scintillait d'étoiles : un petit mistral glacial soufflait dans la solitude. Tous les deux s'avançaient en silence, tendant l'oreille, s'arrêtant à chaque pas, et toutes les qualités de chasseur de Matteo Puriello s'exerçaient en cette occasion.

Quand ils arrivèrent près du but, le Ristabilito put à peine retenir une exclamation de joie, en apercevant la porte ouverte. Un calme parfait régnait dans la maison, et on n'entendait que les sourds ronflements du dormeur. Ciávola monta l'escalier le premier, suivi de son ami.

Tous deux, à la faible clarté qui entrait par les vitres, virent aussitôt la forme vague du cochon sur la table. Alors, avec des précautions infinies, ils soulevèrent l'énorme poids et le tirèrent dehors, en faisant de grands efforts. Puis, ils restèrent aux aguets. Un coq chanta et d'autres coqs lui répondirent coup sur coup des basses-cours voisines.

Alors, les deux joyeux larrons se mirent en chemin, avec le porc sur le dos, riant d'un rire long et silencieux. Ciávola croyait être dans une chasse réservée, emportant une grosse pièce de gibier volée. Comme l'animal était lourd, ils arrivèrent hors d'haleine chez le prêtre.

III

Le lendemain matin, Maître Peppe, ayant cuvé son vin, ouvrit les yeux ; il resta quelques instants sur son lit à s'étirer et à écouter les cloches qui sonnaient la fête de saint Antoine. Dans l'étourdissement du premier réveil, il sentait se répandre en son âme le contentement de la possession et goûtait à l'avance le plaisir de voir Lepruccio couper en morceaux et couvrir de sel les chairs grasses du cochon.

Excité par cette pensée, il se leva et sortit vivement sur le palier, se frottant les yeux pour mieux voir. Sur la table, il n'y avait que quelques taches sanglantes, que le soleil caressait joyeusement.

Une agitation furibonde s'empara de lui. Il descendit quatre à quatre l'escalier, vit la porte ouverte, se frappa le front, se précipita dehors en hurlant, appelant les paysans, demandant à tous des nouvelles du cochon. Il multipliait les questions et criait de plus en plus fort ; ses clameurs douloureuses retentissaient le long de la rive, et finirent par arriver aux oreilles de Ciávola et du Ristabilito.

Ceux-ci s'approchèrent tranquillement, pour jouir du spectacle et continuer la plaisanterie ; quand ils furent en vue, Maître Peppe se tourna vers eux, tout dolent et pleurnicheur, en s'écriant :

— Pauvre de moi ! Ils m'ont volé mon cochon !... Pauvre de moi ! Comment vais-je faire à présent ?

Biagio Quaglia resta un moment à considérer la mine du pauvre bougre, avec de la raillerie et de l'admiration dans ses yeux mi-clos, la tête penchée de côté comme pour juger un effet de mimique. Puis, s'approchant davantage, il déclara :

— Eh ! oui, oui... on ne peut pas dire le contraire... Tu joues très bien ton rôle.

Peppe, sans rien comprendre, leva son visage tout sillonné de larmes.

— Eh ! oui, oui... cette fois, tu as vraiment été malin... continua l'autre, avec un air d'amicale familiarité.

Peppe, toujours sans rien comprendre, leva de nouveau la tête et les larmes s'arrêtèrent dans ses yeux emplis d'étonnement.

— Mais, à dire vrai, je ne te croyais pas si rusé, poursuivit le mauvais drôle, sans se démonter. Bien ! Très bien !... Mes compliments !...

— Mais qu'est-ce que tu dis ? demanda La Bravetta au milieu de ses sanglots. Mais qu'est-ce que tu dis ? Ah ! pauvre de moi !... Et comment vais-je faire maintenant pour rentrer à la maison ?

— Bien ! Très bien ! Parfaitement !... criait le Ristabilito. Vas-y ! Crie plus fort ! Pleure plus fort ! Arrache-toi les cheveux ! Fais-toi entendre ! Désespère-toi !... Bon ! comme cela !

Et Peppe pleurant :

— Mais puisque je te dis qu'on me l'a réellement volé !... Hou, hou !... Pauvre de moi !

— Vas-y ! vas-y !... Que rien ne t'arrête ! Plus tu crieras, plus on te croira ! Vas-y encore... encore !

Peppe, hors de lui par la fureur et la douleur, jurait comme un Templier, en répétant :

— Puisque je te dis que c'est vrai !... Que je meure à l'instant, si on ne m'a pas volé le cochon !

— Pauvre innocent ! pauvre petit ! fit Ciávola en se moquant de La Bravetta. Mettons-lui les doigts dans la bouche pour voir s'il a déjà ses dents. Pauvre chéri, va ! Voyons, comment veux-tu que nous te croyions, quand, hier, nous avons vu le cochon, là, à cette même place ? Est-ce que saint Antoine lui a donné des ailes pour s'envoler ?

— Que saint Antoine aille au diable !... Pourtant c'est comme cela, que je te dis...

— Ce n'est pas Dieu possible !

— C'est comme cela !

— Ce n'est pas comme cela...

— C'est comme cela !

— Non.

— Hi, hi, hi ! C'est comme cela ! c'est comme cela ! Je suis un homme mort. Je ne sais pas comment faire pour rentrer à la maison. Pelagia ne me croira pas, ou bien, si elle me croit, elle ne me laissera plus un moment de tranquillité... Je suis un homme mort !

— Bon, nous voulons bien te croire, conclut le Ristabilito. Mais, fais attention, Peppe, car Ciávola hier t'a donné l'idée de ce petit jeu. Or, je ne voudrais pas que tu nous roules tous, donna Pelagia, Ciávola et moi, d'un seul coup.

Alors, La Bravetta recommença à pleurer, à crier, à se désespérer, dans un si fol accès de douleur, que l'autre ajouta par pitié :

— Allons, tais-toi. Nous te croyons... Mais, si l'histoire est vraie, il faut trouver le moyen d'y remédier.

— Quel moyen ? demanda en souriant presque La Bravetta, dont l'âme se reprenait à l'espérance.

— Voilà, proposa Biagio Quaglia. Certainement, ce doit être un de ceux qui sont ici, tout près, dans les alentours ; car, on n'est pas venu des Grandes-Indes te prendre ton cochon. N'est-ce pas, Peppe ?

— C'est bon, c'est bon ! approuva le pauvre diable, qui haletait, le nez en l'air, encore tout plein d'humeurs lacrymales.

— Donc, écoute-moi bien, répéta le Ristabilito, amusé par cette crédule attention. Donc, si personne n'est venu des Grandes-Indes pour voler ton cochon, ce doit être un de ceux du voisinage qui l'a pris. Qu'en penses-tu, Peppe ?

— C'est bon, c'est bon !

— Alors, qu'est-ce qu'il faut faire ? Il faut réunir tous ces drôles et essayer quelque sortilège pour trouver le voleur. Et ensuite, découvert le voleur, découvert le cochon.

Les yeux de Maître Peppe brillèrent de désir ; il se rapprocha, car cette allusion à un sortilège avait réveillé toutes les superstitions naturelles qui dormaient en lui.

— Tu sais qu'il y a trois espèces de magies : la blanche, la rouge, la noire ; et tu sais qu'il y a dans le pays trois femmes qui sont de première force dans cet art : Rosa Schiavona, Rosaria Pajara et la Chenille. C'est à toi de choisir.

Peppe resta un moment hésitant. Puis, il se décida pour Rosaria Pajara qui avait une grande réputation de sorcellerie et avait fait autrefois des choses admirables.

— Eh bien, allons ! conclut le Ristabilito. Il n'y a rien à perdre et tout à gagner. C'est bien pour toi, c'est bien pour te rendre service que je vais au pays chercher ce qu'il nous faut. Je parle à Rosaria, je me fais donner les choses nécessaires et je m'en retourne aussitôt, avant midi. Donne-moi de l'argent.

Peppe tira trois carlins de la poche de son gilet et les tendit en hésitant à Biagio Quaglia.

— Trois carlins ? cria l'autre, en les repoussant. Trois carlins ? Mais il en faut au moins dix...

À cette demande, le mari de Pelagia recula, épouvanté.

— Comment ? Dix carlins pour un sortilège ? balbutia-t-il, en fouillant dans sa poche, les doigts tremblants. Tiens, en voici huit... C'est tout ce que j'ai sur moi.

Le Ristabilito dit, d'un ton sec :

— C'est bien. Je ferai ce que je pourrai. Viens-tu avec moi, Ciávola ?

Les deux copains se dirigèrent vers Pescare, d'un bon pas, par le sentier des peupliers, l'un devant et l'autre derrière. Et Ciávola donnait de grands coups de poing dans les reins du Ristabilito, pour lui témoigner sa joie. Dès qu'ils furent arrivés au pays, ils allèrent dans la boutique de Don Daniele Pacentro, pharmacien, qui était de leurs amis ; et là, ils achetèrent des aromates et des drogues, dont ils firent composer de petites boules, pareilles à des pilules ordinaires, grosses comme des noix, bien recouvertes de sucre, confites et cuites. Dès que l'apothicaire eut achevé l'opération, Biagio Quaglia, qui pendant ce temps-là avait été absent, revint avec un cornet de papier plein de crottes de chien sèches ; et, de ces crottes, il voulut que Don Daniele lui fabriquât deux belles pilules, en tous points semblables aux autres par la forme, mais mélangées avec de l'aloès et ensuite légèrement roulées dans du sucre. Le pharmacien s'exécuta, et pour reconnaître les deux pilules nouvelles, il y fit, sur le conseil du Ristabilito, une petite marque.

Les deux chenapans reprirent le chemin de la campagne et arrivèrent à la maison de Maître Peppe quand midi était sonné. Celui-ci les attendait, très inquiet. À peine vit-il déboucher sous les peupliers, le long corps maigre de Ciávola, qu'il cria avec anxiété :

— Eh bien ?

— Eh bien, tout est en ordre ! répondit d'un air triomphant le Ristabilito, en montrant la boîte qui contenait les bonbons enchantés. Mais comme c'est la fête de saint Antoine et que les paysans se donnent du bon temps, réunis-les tous dans la cour pour leur offrir à boire. Tu as un certain petit vin de Montepulciano qui n'est pas à dédaigner. Pour aujourd'hui, mets en perce quelques tonnelets, et quand tous seront là, en train de boire, moi, je dirai et je ferai tout ce qu'il faut dire et faire.

IV

Deux heures plus tard, comme l'après-midi était tiède, claire, sereine et que La Bravetta avait fait courir le bruit qu'il offrait à boire, les cultivateurs et les paysans d'alentour se rendirent à son invitation. Dans la cour s'élevaient de grands tas de paille qui, sous le soleil, se paraient d'une glorieuse couleur d'or ; une troupe d'oies s'en allaient en piaulant, blanches, lentes, avec de larges becs orangés, cherchant une mare pour nager ; les émanations du fumier arrivaient par bouffées. Et tous ces hommes rustiques, en attendant de boire, plaisantaient, calmes et tranquilles sur leurs jambes arquées, déformées par les rudes travaux des champs : quelques-uns avec des visages rugueux et roussâtres comme de vieilles pommes, avec des yeux rendus doux par la misère ou narquois par la ruse ; d'autres avec la barbe naissante, un air de jeunesse, un souci manifeste de plaire, dans leurs belles vestes neuves.

Ciávola et le Ristabilito ne se firent pas beaucoup attendre. Tenant dans une main la boîte des pilules, Biagio Quaglia ordonna à tous de se mettre en cercle autour de lui et prononça une courte allocution, non sans une certaine gravité des gestes et de la voix.

— Bonnes gens, fit-il, aucun de vous, j'en suis sûr, ne sait pourquoi Maître Peppe de Siere vous a appelés ici...

Une exclamation de surprise, à cet étrange préambule, passa dans la bouche de tous les assistants et la joie qu'ils éprouvaient à l'idée de boire du bon vin, se mua aussitôt en une vague inquiétude.

L'orateur continua :

— Mais, comme il va peut-être en résulter quelque chose de grave et que vous pourriez vous plaindre de moi, je veux vous dire ce dont il s'agit, avant de commencer l'expérience.

Les paysans se regardaient les uns les autres, dans les yeux, d'un air troublé, et puis jetaient un coup d'œil incertain et curieux sur la boîte que Biagio Quaglia tenait à la main. Un d'eux, tandis que celui-ci faisait une pause pour juger l'effet de ses paroles, s'écria, impatient :

— Eh bien ?

— Un moment, un moment, mon bel ami. La nuit passée, on a volé à Maître Peppe un beau porc qu'il allait saler. Qui est le voleur, nul ne le sait, mais il doit certainement se trouver parmi vous autres, car je pense bien que personne n'est venu des Grandes-Indes pour prendre le cochon de Maître Peppe ?

Fut-ce le joyeux effet de ce singulier argument des Grandes-Indes ou l'action du soleil tiède et doux, mais La Bravetta se mit à éternuer. Les assistants reculèrent, la tribu vagabonde des oies se dispersa et sept éternûments consécutifs résonnèrent librement dans l'air léger, troublant la paix rurale. À ce fracas, la gaieté jaillit de toutes les âmes. Puis, l'assemblée se modéra, après ce mouvement de belle humeur. Le Ristabilito reprit, toujours grave :

— Donc, pour découvrir le voleur, Maître Peppe a pensé de vous donner à manger d'excellents bonbons et à boire un certain tonneau de vieux vin de Montepulciano, qu'il a mis en perce aujourd'hui même. Cependant, j'ai une chose à vous dire : à peine le voleur se mettra-t-il le bonbon dans la bouche, que sa salive deviendra si amère, si amère, qu'il sera absolument obligé de cracher. Voulez-vous tenter l'expérience ? Ou bien, le coupable, après s'être bien abreuvé, préfère-t-il se confesser au curé ? Mes bons amis, à votre choix, décidez vous-mêmes...

— Nous voulons manger et boire, répondirent presque en chœur tous ceux qui étaient présents.

Et un mouvement d'agitation passa parmi ces gens simples. Chacun, en regardant son voisin, avait une interrogation dans les yeux ; chacun mettait dans sa gaieté une spontanéité un peu forcée.

— Vous allez tous vous ranger en file, pour l'expérience. Personne ne doit se cacher ! ordonna Ciávola.

Et quand tous se furent placés, il prit le *fiasco* et les verres, s'apprêtant à verser à boire. Il commença par celui qui était en tête et se mit à distribuer paisiblement les bonbons, qui craquaient et disparaissaient en un clin d'œil sous les dents robustes des paysans. Quand il arriva près de Maître Peppe, il prit un des bonbons faits d'aloès et de crotte de chien, et le lui tendit ; puis, il passa outre, sans rien faire voir.

Maître Peppe qui, jusqu'alors, avait ouvert de grands yeux, essayant de prendre quelqu'un en faute, se jeta prestement le bonbon dans la bouche, presque avec gloutonnerie et se mit à le mâcher. Tout d'un coup, ses pommettes remontèrent vers ses yeux, les coins de sa bouche se contractèrent, ses tempes se plissèrent, la peau du nez se fronça, tous les traits de son visage eurent ensemble une involontaire mimique d'horreur et une espèce de frisson lui courut des épaules à la nuque. Le malheureux fut obligé de tout cracher, car sa langue ne pouvait soutenir l'amertume de l'aloès et un invincible dégoût lui montait de l'estomac à la gorge, l'empêchant d'avaler le bonbon.

— Ohé ! Maître Peppe, qu'est-ce que tu f... là ? glapit Tulespre du Passeri, un vieux chevrier verdâtre et poilu comme une tortue de marais.

Le Ristabilito, qui n'avait pas encore terminé sa distribution, se retourna à cette voix aigre ; puis, en voyant La Bravetta qui se tortillait, il lui dit d'un ton bienveillant :

— Bon ! celui-là était peut-être trop cuit... Tiens, en voici un autre. Mange-le !

Et, avec deux doigts, il lui fourra dans la bouche la seconde pilule canine.

Le pauvre diable la prit, et sentant peser sur lui les yeux malins et aigus du chevrier, il fit un effort suprême pour en supporter l'amertume : il ne mâcha pas, il n'avala pas, il resta immobile, la langue collée contre les dents. Mais, comme à la chaleur de l'haleine et à la moiteur de la salive, l'aloès se dissolvait, il n'y put plus tenir : ses lèvres se contractèrent de nouveau, son nez s'emplit de larmes et de grosses gouttes commencèrent à lui couler des yeux, rebondissant comme des perles bossuées. À la fin, il cracha.

— Ohé ! Maître Peppe, qu'est-ce que tu f... là, maintenant ? glapit une seconde fois le chevrier » montrant dans un ricanement ses gencives blanchâtres et édentées. Ohé ! qu'est-ce que cela signifie ?

Tous les autres rompirent les rangs et entourèrent La Bravetta : les uns avec des rires moqueurs, les autres avec des paroles de colère. Les soudaines et brutales révoltes d'orgueil qu'ont souvent les gens de la campagne au sujet de leur honneur, et leur implacable sévérité pour toutes les superstitions, firent éclater une tempête d'injures et d'invectives.

— Pourquoi nous as-tu fait venir ici ? Pour jeter la faute sur l'un de nous, avec un faux sortilège ? Pour te f... de nous ? Pourquoi ? Tu as mal fait tes comptes ! Voleur, menteur, canaille, fils de chien, fils de p... ! Bougre de salot ! Ah ! tu as voulu te f... de nous ! Voleur ! canaille ! Nous allons tout casser ici ! Fils de p... ! Sang du Christ !

Et ils s'en allèrent, après avoir brisé les verres et le *fiasco*, en criant leurs dernières injures dans le sentier, sous les peupliers.

Alors Ciávola, le Ristabilito, les oies et La Bravetta, restèrent seuls dans la cour. Ce dernier, plein de honte, de rage et de confusion, le palais encore brûlé par l'amertume de l'aloès et la fétidité des crottes de chien, ne pouvait articuler un mot. Biagio Quaglia, cruellement, resta un moment à le considérer, en frappant le sol du bout du pied, en secouant la tête d'un air ironique. Ciávola cria enfin avec un indescriptible ton de raillerie :

— Ah ! ah ! ah ! ce brave La Bravetta ! Dis-nous un peu combien on te l'a payé, ton cochon ?... Dix ducats ?...

LE DAUPHIN[1]

Sur la plage, on l'appelait le Dauphin ; ce surnom lui allait à merveille, car, dans l'eau, il avait vraiment l'air d'un dauphin, avec son dos courbé par le maniement de la rame et brûlé par la canicule, avec sa grosse tête laineuse, avec la surhumaine vigueur de ses jambes et de ses bras, qui lui faisait faire des bonds, des sauts et des plongeons effrayants. Il fallait le voir se jeter du haut de l'écueil des Forroni, avec un hurlement, comme un jeune aigle blessé à l'aile ; puis, reparaître vingt brasses plus loin, la tête hors de l'eau, les yeux grands ouverts regardant le soleil : oui, il fallait le voir ! Mais peut-être était-il plus beau encore sur sa *paranza*, cramponné au mât, tandis que le sirocco sifflait à travers les cordages, que la voile pourpre semblait être prête à se déchirer et que la tempête mugissait comme si elle voulait l'engloutir.

Il n'avait ni père, ni mère : il avait tué cette dernière en naissant, une nuit d'automne, vingt ans auparavant ; la mer avait mangé son père – elle l'avait mangé un soir que le libeccio[2] hurlait comme cent loups et que le ciel, au couchant, paraissait être inondé de sang. Depuis lors, cette immense étendue d'eau avait pour lui un étrange attrait ; il écoutait les vagues comme si elles lui disaient quelque chose et il leur parlait comme autrefois il parlait à son père, avec des emportements de passion, avec des tendresses enfantines, qui se répandaient en chansons sauvages, criées à pleine gorge ou en longues cantilènes, pleines de mélancolie.

— Il dort là-dessous, dit-il une fois à Zarra, et je veux y aller, moi aussi. Il m'attend : je sais qu'il m'attend, je l'ai vu hier...

---

1 Publié sous ce titre : *Dalfino*, dans *Terra Vergine*, Sommaruga, **éditeur**, Rome, 1882.
2 Vent du sud-ouest.

— Tu l'as vu ? fit Zarra, en ouvrant ses grands yeux, noirs comme la quille de la *paranza*.

— Oui, là-bas, derrière la pointe des Sèches, et la mer avait l'air d'être en huile : il m'a regardé...

La fille eut un frisson de peur dans le dos.

*

Mais quelle superbe bête fauve était cette Zarra ! Grande et droite comme un mât de misaine, avec des souplesses félines, des dents vipérines, deux lèvres écarlates, une gorge qui mettait dans le sang le désir de mordre et qui chatouillait le bout des doigts, par saint François !

Elle et le Dauphin s'étaient toujours aimés, depuis qu'ils jouaient avec le sable, tourmentaient les écrevisses ou barbotaient dans l'eau ; ils s'étaient embrassés mille fois sous le soleil, devant la mer ; ils avaient jeté mille fois au soleil et à la mer la divine chanson de leur jeunesse... Ah ! la belle, la forte, l'audacieuse jeunesse, trempée dans l'eau salée, comme une lame d'acier !

*

Tous les soirs, Zarra attendait qu'il rentrât, quand le ciel rougeoyait derrière la Majella et que l'onde prenait, çà et là, des reflets violets.

Les *paranze* apparaissaient en troupe, comme des oiseaux, à la pointe des Sèches, loin, très loin ; mais celle du Dauphin filait en avant, droite, agile, avec sa voile pourpre gonflée par le vent, que c'était une joie de la voir ; le gars se tenait à la proue, solide comme une colonne de granit.

— Ohé ! criait Zarra. Bonne pêche !

Il lui répondait à pleine voix ; les mouettes s'élevaient par bandes au-dessus des récifs, en criant, et sur toute la plage se répandaient les clameurs des pêcheurs et l'odeur de la mer.

Mais l'odeur de la mer les grisait, ces deux-là ! Quelquefois, ils restaient à se regarder longuement dans les yeux, comme ensorcelés ; elle, assise sur le bord de la barque et lui, étendu sur les planches du fond, aux pieds de Zarra. Et le flot les berçait et chantait pour eux – le flot verdoyant comme un immense pré au mois de mai, agité par le vent.

— Qu'as-tu dans les yeux, ce soir, Zarra ? murmurait le Dauphin.

Tu dois être une de ces magiciennes, moitié femme et moitié poisson, qu'on rencontre loin, très loin, dans la haute mer, qui vous font rester immobiles comme une pierre quand elles chantent et qui ont des cheveux vivants, comme des serpents. Quelque jour, tu reviendras magicienne, tu sauteras dans l'eau et me laisseras ici, ensorcelé…

— Fou ! disait-elle, les dents serrées et les lèvres entr'ouvertes, en lui fourrant ses mains dans les cheveux et en le tenant renversé, frémissant comme un léopard enchaîné.

Et le flot était plus odorant que jamais.

*

Par une aube de juin, Zarra alla à la pêche, elle aussi. Dans l'air blanc soufflait une fraîcheur qui faisait passer d'heureux frissons dans le sang ; toute la plage était cachée par des vapeurs. Tout à coup, un rayon de soleil perça la nuée, comme une flèche d'or d'un dieu, puis il y eut d'autres rayons et enfin toute une gerbe de lumière ; et les traînées d'écarlate, les taches de violet, les frémissantes plaques de rose, les pâles flocons de safran, les mouvantes touches d'azur, se fondirent en une merveilleuse symphonie de couleurs. Les vapeurs, comme balayées par une bouffée de vent, disparurent et le soleil brilla, pareil à un grand œil sanglant, sur la mer diaprée par de larges et tranquilles ondulations. Des vols de mouettes rasaient l'eau de leurs ailes cendrées, en jetant des cris qui ressemblaient à des éclats de rire humain.

La *paranza* louvoyait en serpentant, avec des mouvements imprévus, comme si elle était vivante ; au levant, vers l'écueil des Forroni, il y avait des barbillons couleur de carmin, qui avaient l'air de rougets.

— Regarde, dit Zarra au Dauphin, qui était occupé à la manœuvre avec Ciatte le Borgne et le fils de Pachió, deux garçons noirs et forts comme le fer. Regarde comme les maisons sont petites, petites, sur la plage : elles ressemblent à celles de la crèche de la commère Agnese, à Noël.

— C'est vrai ! murmura le Borgne en riant.

Mais le Dauphin restait muet, examinant les lièges ronds qui flottaient sur l'eau bleue : ils remuaient à peine.

— Quel beau garçon est le fils de la commère Agnese !… N'est-ce pas, Zarra ? fit-il enfin, avec une inflexion ironique dans la voix et plantant dans le visage de la belle fille ses deux grands yeux de requin.

Elle soutint sans broncher ce regard inquisiteur, mais elle se mordit la lèvre inférieure.

— Sans doute, répondit-elle d'un air détaché, en se détournant pour suivre une bande de mouettes sur le ciel.

— Je crois bien !... Et puis, quel bel uniforme de douanier, avec des galons jaunes, une plume au chapeau, une dague au côté... Si, moi...

Zarra s'était renversée en arrière voluptueusement, la gorge saillante, les lèvres entrouvertes, tandis que le mistral faisait flotter ses cheveux.

— Saint François ! murmura entre ses dents le pauvre Dauphin, tout bouleversé. Vire, le Borgne, vire !

*

Mais on eût dit que ce douanier voulait vraiment attraper un coup de couteau dans la gorge. Quand Zarra passait, il lui adressait toujours une parole de galanterie, en frisant ses petites moustaches blondes et en mettant le poing sur la garde de sa dague. Elle riait : une fois même, elle se retourna...

— Le sang est rouge, disait le Dauphin d'un air de sombre mystère, quand le fils de la commère Agnese se promenait fièrement, le fusil en bandoulière, devant les *paranze* ancrées à la file.

Et un soir, le dernier du mois de juillet, on vit vraiment que le sang était rouge...

Le soleil se couchait dans un incendie de nuages ; l'air pesait sur la plage comme une chape de plomb et il s'élevait des rafales de vent qui passaient de temps en temps sur le visage comme des langues de feu, tandis que la mer écumeuse battait contre les rochers en grondant, si bien qu'elle paraissait jurer. Devant la douane, on calfatait la barque neuve du patron Cardillo : l'odeur du goudron se répandait sur toute la rive.

— Tu sais, Zarra, je l'ai revu ! fit amèrement le Dauphin, assis sous la coque de la *paranza*, qui gisait à sec sur le sable, comme une baleine éventrée. Il m'a dit encore une fois qu'il m'attend et j'irai... Du reste, qu'est-ce que je fais ici ?

Sa bouche se contracta dans un vilain sourire ; puis, il se prit les cheveux à deux mains, en répétant :

— Du reste, qu'est-ce que je fais ici ?

Le pauvre Dauphin avait toute la tempête du dehors dans le cœur – dans ce cœur solide comme le granit et vaste comme la mer. Il était un curieux assemblage de superstition, de haine, d'amour : l'onde changeante l'attirait irrésistiblement, fatalement ; mais il lui semblait que sans sa vengeance, il ne reposerait pas en paix, là-dessous.

Ah ! Zarra, Zarra aussi, qu'on lui avait volée !

Ils restèrent en silence à écouter les vagues et à respirer le goudron ; elle n'avait pas le courage de dire un mot ; elle était là, l'œil sombre, sans force, immobile comme une statue.

— Ma pauvre *paranza* ! murmura le Dauphin en tâtant le flanc noir du bateau, qui avait défié avec lui plus de cent tempêtes sans jamais se briser.

Et dans ses yeux, des larmes brillaient, comme un enfant...

— Adieu, Zarra, j'y vais !

Il la baisa sur la bouche ; puis, il se mit à courir sur le sable, vers la douane, le sang en flamme. Il rencontra justement le douanier sous la lanterne de l'entrée, il bondit sur lui comme un tigre et l'égorgea d'un seul coup de couteau, sans même lui laisser le temps de dire Jésus-Marie !

Puis, tandis que les gens accouraient, il se jeta dans la mer contre les vagues furibondes, il disparut, reparut, luttant contre elles avec sa surhumaine vigueur ; et on le vit encore sur la crête blanche des lames, semblable à un dauphin, reparaître, disparaître, se perdre pour toujours dans le crépuscule incertain, au milieu des sifflements du mistral et des cris désespérés de la commère Agnese.

TURLENDANA[1]

I. TURLENDANA REVIENT...

La petite compagnie marchait le long de la mer.

---

1 Cette nouvelle est écrite en grande partie en dialecte des Abruzzes ; elle a été publié dans *San Pantaleone*, G. Barbera, **éditeur**, Florence, 1882.

Déjà, le printemps renaissait sur les coteaux environnants ; leur humble chaîne était verte et le vert des différentes verdures se détachait distinctement ; et chaque crête avait une couronne d'arbres en fleurs. Au souffle du mistral, ces arbres s'agitaient et se dépouillaient d'un grand nombre de leurs fleurs, et, à une courte distance, les hauteurs paraissaient être recouvertes d'une couleur variant entre le rose et le violacé, et tout le paysage semblait parfois trembler et pâlir comme une image à travers le voile de l'eau ou comme une peinture lavée qui déteint.

La mer s'étendait dans une sérénité presque virginale le long de la côte légèrement creusée vers le midi, ayant dans sa splendeur la vivacité d'une turquoise de Perse. Çà et là, marquant le fil du courant, serpentaient quelques traînées d'une teinte plus sombre.

Turlendana, dont la connaissance des lieux était presque entièrement perdue par les nombreuses années d'absence et dont le sentiment de la patrie était presque effacé par les longues pérégrinations, marchait en avant, de son pas fatigué et boiteux, sans se retourner pour regarder autour de lui.

Comme le chameau s'attardait devant chaque touffe d'herbes sauvages, il lui jetait un cri d'appel bref et rauque pour le stimuler. Et le grand quadrupède roussâtre soulevait lentement la tête, triturant la nourriture dans ses mâchoires laborieuses.

— Hue ! Barbara !

L'ânesse, la petite et blanche Susanne, de temps en temps, sous les continuelles tortures du macaque, se mettait à braire d'un ton lamentable, demandant à être délivrée de son cavalier. Mais Zavali, infatigable, sans s'arrêter un moment, avec une espèce de rage d'agitation, avec des gestes rapides et menus qui exprimaient tantôt la colère et tantôt le plaisir, se promenait le long de l'échine de l'animal, lui sautait sur la tête en se cramponnant à ses grandes oreilles, lui prenait la queue à deux mains en la relevant et en secouant la houppe de crins, lui cherchait des insectes dans les poils en grattant vivement avec ses ongles, portait ensuite les ongles à sa bouche et mâchait avec mille mouvements divers des muscles de la face. Puis, à l'improviste, il s'asseyait, prenant dans une de ses mains son pied tordu, pareil à une racine d'arbuste, et restait immobile, grave, fixant sur les eaux ses yeux ronds et orangés, qui s'emplissaient d'étonnement, tandis que son front se contractait et que ses fines oreilles roses tremblaient presque d'inquiétude. Puis, tout à coup, avec un geste de malice, il recommençait ses tours.

— Hue ! Barbara !

Le chameau entendait et se remettait en marche.

Quand la petite compagnie arriva au bois de saules, près de l'embouchure de la Pescare, sur la rive gauche – déjà on distinguait les coqs sculptés en haut des vergues des *paranze* ancrées dans le débarcadère de la *Bandiera*... Turlendana s'arrêta parce qu'il voulait se désaltérer au fleuve.

Le fleuve paternel envoyait à la mer la paix de ses flots intarissables. Les rives couvertes de plantes aquatiques, se taisaient et se reposaient, comme lassées par le récent travail de la fécondation. Le silence était profond sur toutes les choses. Les estuaires tranquilles resplendissaient sous le soleil, comme des miroirs enfermés dans un cadre de cristaux salins. Selon le côté d'où venait le vent, les saules verdoyaient ou blanchissaient.

— La Pescare ! fit Turlendana en s'arrêtant, avec un accent de curiosité et de reconnaissance instinctif. Et il resta à regarder.

Puis, il descendit sur la berge, où les galets étaient propres, et il se mit à genoux pour puiser de l'eau dans le creux de sa main. Le chameau allongea le cou, et but à gorgées lentes et régulières. L'ânesse but également. Et le singe imita la pose de l'homme, faisant une coupe avec ses mains frêles, qui étaient violettes comme des figues d'Indes non mûres.

— Hue ! Barbara !

Le chameau entendit et cessa de boire. De ses lèvres molles, l'eau coulait abondamment sur les callosités de sa poitrine, et on voyait ses gencives pâles et ses grosses dents jaunâtres.

La compagnie reprit son voyage le long du sentier, tracé dans le bois par les gens de mer. Le soleil se couchait, quand elle arriva à l'arsenal de Rampigna.

Turlendana demanda à un marinier qui marchait près du parapet de briques :

— C'est Pescare ?

Le marinier, stupéfait à la vue de ces bêtes, répondit :

— Oui, c'est Pescare.

Et il rebroussa chemin pour suivre l'étranger. D'autres marins s'unirent à lui. Promptement, une foule de curieux se rassembla derrière Turlendana, qui marchait avec une belle tranquillité, sans s'inquiéter des commentaires populaires. Au pont des bateaux, le chameau refusa de passer.

— Hue, Barbara ! Hue, hue !

Turlendana se mit à l'exciter de la voix, patiemment, secouant la corde du licou avec lequel il le conduisait maintenant. Mais l'animal entêté, se coucha par terre et allongea la tête dans la poussière, paraissant décidé à rester là longtemps.

Les gens, revenus de leur première stupeur, criaient gaiement en chœur :

— Barbara ! Barbara !

Et, comme ils connaissaient les singes, car quelquefois les marins au long cours en rapportaient au pays avec des perroquets et des cacatoès, ils provoquaient Zavali de mille manières et lui offraient de grosses amandes vertes que le macaque ouvrait pour en manger goulûment la semence fraîche et douce.

Après beaucoup de cris et de coups, Turlendana réussit enfin à vaincre l'obstination du chameau. Et cette monstrueuse architecture d'os et de peau se releva en trébuchant, au milieu de la foule qui grossissait de tous côtés, des soldats et des citadins accourus sur le pont de bateaux pour assister au spectacle. Derrière le grand Sasso, le soleil couchant irradiait sur le ciel printanier une ardente lumière rosée ; et, comme pendant le jour, au-dessus des campagnes humides et des eaux du fleuve, de la mer et des étangs, beaucoup de vapeurs s'étaient élevées, les maisons, les voiles, les vergues, les plantes et toutes les choses environnantes paraissaient roses ; et les formes, prenant une espèce de transparence, perdaient la netteté des contours et semblaient flotter, noyées dans toute cette clarté.

Le pont, sous le poids, craquait sur les barques goudronnées, pareil à un immense radeau. La population s'agitait gaiement. Au milieu de la cohue, Turlendana restait arrêté au milieu du pont. Et le chameau, énorme, dominant toutes les têtes, respirait contre le vent, remuant lentement son cou semblable à quelque fabuleux serpent couvert de poils.

Déjà, parmi les assistants, le nom de l'animal s'était répandu, et tous, par un amour naturel du bruit et par une allégresse générale qui venait de la douceur du temps et de la saison, tous criaient :

— Barbara ! Barbara !

À cette clameur bruyante, Turlendana, qui était appuyé contre la poitrine du chameau, se sentait pénétré par un contentement presque paternel.

Mais, brusquement, l'ânesse se mit à braire, avec des effets de voix si aigus et un accent si désespéré, qu'une hilarité unanime secoua la foule. Et les rires sonores et plébéiens s'étendaient d'un bout à l'autre du pont, comme le bouillonnement d'une source roulant sur les cailloux d'une pente.

Alors, Turlendana recommença à se mouvoir au milieu de la foule, qui ne le connaissait pas.

Quand il fut à la porte de la ville, où les femmes vendaient du poisson dans de vastes paniers de joncs, Binchi-Banche, un petit homme au visage jaune et rugueux comme un citron sans jus, vint au-devant de lui, et selon son habitude avec tous les étrangers qui arrivaient dans le pays, lui offrit ses services pour trouver un logement.

D'abord, il demanda en montrant Barbara :

— Il est féroce ?

Turlendana répondit que non, en souriant.

— Bon ! reprit Binchi-Banche, rassuré. Il y a la maison de Rosa Schiavona.

Tous deux tournèrent par la Pêcherie et puis par San-Agostino, toujours suivis par le peuple, Aux fenêtres et aux balcons, les femmes et les enfants regardaient avec étonnement le passage du chameau, admiraient la grâce fine de la petite ânesse blanche et riaient des mines de Zavali.

À un tournant, Barbara voyant pendre d'une *loggia* basse une herbe à moitié desséchée, allongea le cou, tendit les lèvres pour l'atteindre et l'arracha. Un cri de terreur s'échappa d'un groupe de femmes qui étaient penchées sur la balustrade, et le cri se propagea dans les *loggie* voisines. Dans la rue, les gens riaient bruyamment, criant comme en carnaval derrière les masques :

— Vivat ! vivat !

Tous étaient grisés par la nouveauté du spectacle et par l'air printanier.

Devant la maison de Rosa Schiavona, près de Portasale, Binchi-Banche fit signe de s'arrêter.

— C'est là, dit-il.

La maison, très misérable, à un seul étage, avait les murs inférieurs tout couverts d'inscriptions et de dessins obscènes. Une rangée de chauves-souris crucifiées ornait l'architrave ; et une lanterne couverte de papier rouge pendait sous la fenêtre centrale.

Là, logeaient toutes sortes de gens nomades et vagabonds ; ils dormaient côte à côte avec les charretiers forts et ventrus de Letto Manoppello, avec les zingari de Solmona, marchands de chevaux et rétameurs de chaudrons, avec les tourneurs de Bucchianico, avec les femmes de Cittá San-Angelo venues pour exercer publiquement leur impudique profession parmi les soldats, les joueurs de cornemuse d'Atina, les montagnards dompteurs d'ours, les charlatans, les bateleurs, les faux mendiants, les voleurs et les sorciers.

Le grand entremetteur de toute cette canaille, était Binchi-Banche et leur juste protectrice, Rosa Schiavona.

La femme vint sur le pas de la porte, en entendant tout ce vacarme. En vérité, elle avait l'air d'un être engendré par un nain et une truie.

Elle demanda d'abord, avec un air de méfiance :

— Qu'est-ce que c'est ?

— C'est ce chrétien qui voudrait un logement pour lui et ses bêtes, donna Rosa.

— Combien de bêtes ?

— Trois, vous le voyez, donna Rosa : un singe, une ânesse et un chameau.

Le peuple ne faisait pas attention au dialogue. Les uns excitaient Zavali. Les autres tâtaient les jambes de Barbara, examinant sur ses genoux et sur sa poitrine les dures callosités rondes. Deux douaniers, qui avaient voyagé jusque dans les ports de l'Asie-Mineure, énuméraient à haute voix les différentes vertus des chameaux et racontaient confusément en avoir rencontré quelques-uns qui exécutaient un pas de danse portant sur le dos toute une charge de musiciens et de femmes demi nues.

Les auditeurs, avides d'entendre des choses merveilleuses, priaient :

— Dites... dites encore !

Ils restaient là, silencieux, les yeux un peu dilatés, haletants de désir.

Alors un des douaniers, un homme âgé qui avait les paupières brûlées par les vents de la mer, commença à raconter des histoires sur les pays orientaux. Et peu à peu, ses propres paroles l'entraînaient et le grisaient.

Une espèce de mollesse exotique semblait se répandre dans l'air léger. Dans l'imagination populaire, les pays merveilleux surgissaient et brillaient. À travers l'arc de la Porte, déjà voilé par l'ombre, on voyait les *tanecche*[1] couvertes de sel, flotter sur le fleuve ; et comme le minéral absorbait toute la lumière du crépuscule, les *tanecche* paraissaient faites de gemmes précieuses. Dans le ciel un peu vert montait le premier quartier de la lune.

— Dites... dites encore ! demandaient les plus jeunes auditeurs.

Turlendana cependant avait mis ses bêtes à l'abri et leur avait donné de quoi manger ; puis, il était sorti en compagnie de Binchi-Banche, tandis que la foule restait à écouter devant l'entrée de l'écurie, où la tête du chameau paraissait et disparaissait derrière les hautes grilles de corde.

Dans la rue, Turlendana demanda :

— Il y a des cabarets ici ?

Binchi-Banche répondit :

— Oui, monsieur, il y en a...

Puis, levant ses grosses pattes noirâtres et en se prenant successivement avec le pouce et l'index de la main droite le bout de chaque doigt de la gauche, il se mit à énumérer :

— Le cabaret de Speranza, le cabaret de Buono, le cabaret d'Assaú, le cabaret de Matteo Puriello, le cabaret de la femme borgne de Turlendana...

— Ah ! fit tranquillement l'homme.

---

1 Chalands de la côte Adriatique.

Binchi-Banche leva ses petits yeux verts, au regard perçant :

— Tu es déjà venu une autre fois ici, monsieur ?

Et sans attendre la réponse, avec la loquacité naturelle des gens de Pescare, il continua :

— Le cabaret de la borgne est grand et on y vend le meilleur vin du pays. La borgne est la femme aux quatre maris…

Il se mit à rire, avec un ricanement qui lui plissait toute sa face jaune.

— Son premier mari était Turlendana, un marin, qui naviguait sur les bateaux du roi de Naples et allait aux Indes, en France, en Espagne, jusqu'en Amérique. Celui-là s'est perdu sur mer, Dieu sait où, avec tout le navire, et on ne l'a plus retrouvé. Trente ans se sont passés… Il avait la force de Samson : il amenait l'ancre avec un doigt… Pauvre garçon ! Et qui va sur mer doit s'attendre à cette fin-là !

Turlendana écoutait tranquillement.

— Son second mari, qu'elle épousa après cinq ans de veuvage, était d'Ortone, le fils de Ferrante, un enragé, qui s'était associé avec les contrebandiers, au temps où « Napoléone » se battait contre l'Angleterre. Ils faisaient la contrebande de sucre et de café avec les navires anglais, depuis Francavilla jusqu'à Silvi et à Montesilvano. Il y avait, près de Silvi, une tour sarrasine, sous le bois, d'où on envoyait les signaux. Et quand la patrouille passait… plon, plon, plon… nous nous glissions sous les arbres…

Maintenant le conteur s'échauffait à ces souvenirs et, s'oubliant, il décrivait avec une grande prolixité de paroles toute l'opération clandestine et scandait son récit de gestes et de vives interjections. Sa petite personne se rapetissait et se redressait à chaque mouvement.

— Enfin, le fils de Ferrante mourut d'une balle dans les reins, envoyée par les soldats de Joachim Murat, la nuit, sur la côte… Son troisième mari était Titino Passacantando qui finit dans son lit, d'une mauvaise maladie. Le quatrième vit encore. C'est Verdura, un brave homme, qui ne coupe pas son vin. Tu verras, monsieur !

Quand ils arrivèrent au cabaret tant vanté, ils se séparèrent.

— Bonsoir, monsieur.

— Bonsoir.

Turlendana entra tranquillement, au milieu de la curiosité des buveurs attablés autour des longues tables.

Ayant demandé à manger, Verdura l'invita à monter dans une pièce à l'étage supérieur, où le couvert était déjà apprêté pour le souper.

Aucun client ne se trouvait encore dans la salle. Turlendana s'assit et commença à manger à grandes bouchées, la tête baissée sur son assiette, sans souffler, comme un homme affamé. Il était presque complètement chauve : une profonde cicatrice rougeâtre lui coupait le front dans toute sa longueur et descendait au milieu de la joue ; une barbe grise et touffue lui montait jusqu'aux pommettes, qui étaient saillantes ; la peau, brune, sèche, pleine d'aspérités, rongée par les intempéries, brûlée par le soleil, ridée par les souffrances, semblait n'avoir plus conservé aucune sensibilité humaine ; les yeux et tous les traits étaient, depuis longtemps, comme pétrifiés dans l'impassibilité.

Verdura, curieux, s'assit près de lui et resta là à examiner l'étranger. Il était plutôt gros, avec la face d'une couleur rosée délicatement veinée de vermillon comme la rate des bœufs.

À la fin, il demanda :

— De quel pays venez-vous ?

Turlendana, sans lever la tête, répondit simplement :

— Je viens de loin.

— Et où allez-vous ? demanda encore Verdura.

— Je reste ici.

Verdura, stupéfait, se tut. Turlendana enlevait aux poissons la tête et la queue et il les mangeait un à un, broyant les arêtes avec ses dents. À chaque poisson, il buvait une gorgée de vin.

— Vous connaissez quelqu'un, ici ? reprit le cabaretier, avide de savoir.

— Peut-être... répliqua l'autre évasivement.

Démonté par la concision de son interlocuteur, Verdura se tut une deuxième fois. On entendait la mastication lente et pénible de Turlendana au milieu des cris des buveurs, au rez-de-chaussée.

Après un moment, Verdura rouvrit la bouche.

— Dans quel pays naissent les chameaux ? Ces deux bosses sont-elles naturelles ? Est-il possible de domestiquer une bête aussi grande et aussi forte ?

Turlendana le laissait parler, sans bouger.

— Quel est votre nom, monsieur l'étranger ?

Celui-ci leva enfin le nez de son assiette et dit froidement :

— Je m'appelle Turlendana.

— Quoi ?

— Turlendana.

— Ah !

La stupéfaction de l'hôte n'eut plus de limite. Et une espèce de vague épouvante commençait à flotter au fond de son âme.

— Turlendana !… D'ici ?

— Oui… d'ici…

Verdura fixa sur l'homme ses gros yeux bleus.

— Alors, vous n'êtes pas mort ?

— Je ne suis pas mort.

— Alors, vous êtes le mari de Rosalba Catena ?

— Je suis le mari de Rosalba Catena.

— Et maintenant, s'écria Verdura avec un geste de perplexité, et maintenant nous sommes deux ?

— Nous sommes deux.

Ils restèrent muets pendant un instant. Turlendana mâchait tranquillement sa dernière croûte de pain, et, dans le silence, on entendait ce léger craquement. Par une heureuse nonchalance de son âme et par une vaniteuse fatuité, Verdura n'avait compris autre chose que la singularité de l'événement. Un brusque accès de gaieté le saisit, jaillissait spontanément du fond de son être.

— Allons chez Rosalba ! allons ! allons ! allons !

Et il tirait le voyageur par le bras, à travers la salle des buveurs, s'agitant et criant :

— Voilà Turlendana, Turlendana le marin, le mari de ma femme, Turlendana qui était mort ! Voilà Turlendana ! voilà Turlendana !

II. TURLENDANA IVRE

Quand il but son dernier verre, deux heures du matin allaient sonner à l'horloge de la commune.

Biagio Quaglia, la voix épaissie par le vin, dit, en entendant les coups résonner dans le silence du clair de lune :

— Malédiction ! qu'est-ce qu'ils nous veulent ?

Ciávola, presque couché sous le banc et agitant de temps en temps ses longues jambes maigres, rêvait de chasses clandestines dans les terres du marquis de Pescare, car le goût sauvage du lièvre lui remontait à la gorge et le vent apportait l'odeur résineuse des pins de la grande forêt maritime.

Biagio Quaglia dit, en poussant du pied le chasseur blond et en faisant mine de se lever :

— Allons !

Et Ciávola, avec un grand effort, se redressa en se balançant, maigre et allongé comme un lévrier.

— Allons... car, maintenant, ils vont passer... répondit-il, en levant la main en l'air, avec un geste divinatoire, comme s'il pensait à quelque migration d'oiseaux.

Turlendana s'agita lui aussi ; et, voyant derrière lui la cabaretière Zarricante, qui avait des joues fraîches et la gorge ferme, voulut l'embrasser. Mais Zarricante lui glissa dans les bras, en criant une injure grossière.

À la porte, Turlendana demanda à ses deux amis un peu de compagnie et un peu d'aide pendant un bout de chemin. Mais Biagio Quaglia et Ciávola, qui faisaient la paire, lui tournèrent le dos en ricanant et s'éloignèrent dans la nuit.

Alors, Turlendana s'arrêta pour regarder la lune qui était ronde et rouge comme un sceau pontifical. Autour de lui, tout se taisait. Les rangées de maisons blanchissaient et, sur les marches d'une porte, un chat miaulait à la lune de mai.

L'homme qui, dans l'ivresse, avait une singulière propension à la tendresse, tendit doucement la main pour caresser l'animal. Mais celui-ci, dont la nature était farouche et peu sociable, fit un bond et disparut.

L'homme, voyant un chien s'approcher, essaya de verser sur lui le trop-plein de sa bienveillance attendrie. Mais le chien passa outre, sans répondre à l'appel de Turlendana, et se mit dans un coin du carrefour à ronger de vieux os. Le bruit de ses dents laborieuses s'entendait distinctement dans la nuit.

Comme peu après, la porte du cabaret se ferma, Turlendana resta seul dans la grande nuit lunaire, toute peuplée d'ombres et de nuages en voyage. Et son âme resta vivement frappée du rapide éloignement des êtres présents. Tous le fuyaient donc ? Qu'avait-il fait pour que tous se fussent ainsi sauvés ?

Il dirigea ses pas incertains vers le fleuve. La pensée de cette fuite universelle, à mesure qu'il avançait, s'emparait avec une plus grande insistance de son cerveau embrumé par les fumées bachiques. Ayant encore rencontré deux chiens perdus, il s'arrêta et les appela. Les deux ignobles bêtes continuèrent à se traîner le long des murs, la queue entre les jambes, et s'en allèrent. Puis, quand ils furent un peu éloignés, ils se mirent à aboyer, et aussitôt, de tous les points du pays, de Bagno, de Sant'Agostino, de l'Arsenal, de la Pêcherie, de tous les endroits sombres et sales, des chiens errants accoururent, comme au bruit d'une bataille. Le chœur hostile de cette tribu de bohémiens faméliques montait jusqu'à la lune.

Turlendana resta stupéfait, tandis qu'une espèce de vague inquiétude s'éveillait dans son âme ; il se remit en marche d'un pas plus accéléré, trébuchant contre les aspérités du sol. Quand il arriva au quartier des tonneliers, où les futailles de Zazzetta formaient des tas blanchâtres semblables à des monuments, il entendit le souffle régulier de quelques animaux invisibles. Et, comme l'idée fixe de l'hostilité des bêtes le tenaillait, il alla de ce côté, avec l'entêtement d'un ivrogne, pour faire un nouvel essai.

Dans une écurie basse, les trois vieux chevaux de Michelangelo souffraient péniblement sur la mangeoire. C'étaient des bêtes décrépites qui avaient usé leur vie en traînant deux fois par jour sur la route de Chieti la grande carcasse d'une diligence pleine de marchands et de marchandises. Sous leur poil brun, mangé çà et là par le harnais, les côtes apparaissaient comme autant de roseaux secs sur le toit en ruine d'une chaumière ; les jambes de devant toutes fléchies, n'avaient presque plus de genoux ; l'échine était dentelée comme une scie ; le cou pelé, où il restait à peine quelque vestige de la crinière, se penchait vers la terre, si bien que souvent les naseaux touchaient presque la corne usée des sabots.

Une grille de fer, mal fermée, barrait la porte.

Turlendana commença à faire :

— Ouche, ouche, ouche ! Ouche, ouche, ouche !

Les chevaux ne remuaient pas, mais ils respiraient ensemble, comme des hommes. Et la silhouette de leurs corps paraissait confusément dans l'ombre bleuâtre, et la puanteur de leur haleine se mêlait à la puanteur de leur litière.

— Ouche, ouche, ouche ! continuait Turlendana d'un ton lamentable, comme il le faisait lorsqu'il conduisait Barbara à l'abreuvoir.

Les chevaux ne bougeaient pas.

— Ouche, ouche, ouche ! Ouche, ouche, ouche !

Une des bêtes se retourna et vint poser sa grosse tête déformée sur la grille, le regardant avec des yeux qui luisaient sous la lune comme remplis d'une eau trouble. Sa lèvre inférieure pendait semblable à un morceau de peau flasque, découvrant les gencives. Les naseaux, à chaque souffle, palpitaient dans l'humidité cartilagineuse du museau et s'entr'ouvraient parfois avec la mollesse d'une bulle d'air dans une masse de levain en fermentation, puis se refermaient.

À la vue de cette tête sénile, l'ivrogne se souvint... Pourquoi donc s'était-il rempli de vin, lui si sobre d'habitude ? Et, au milieu de l'ivresse oublieuse, la forme de Barbara reparut un moment devant lui, la forme du chameau qui gisait par terre, allongeant sur la paille son grand cou inerte, toussant comme un homme et s'agitant faiblement, tandis qu'à chaque mouvement son ventre ballonné faisait le bruit d'un baril à moitié plein d'eau.

Une grande tendresse envahit Turlendana ; et l'agonie du chameau, avec ces tressaillements imprévus et ces étranges sanglots qui faisaient sursauter et vibrer bruyamment son énorme carcasse demi morte, avec ces pénibles efforts du cou qui se soulevait un instant pour retomber lourdement sur la paille tandis que les jambes remuaient comme si elles voulaient courir, avec ce tremblement continuel des oreilles, avec cette immobilité du globe de l'œil qui paraissait déjà éteint avant toutes les autres parties sensibles, l'agonie du chameau lui revint clairement à l'esprit dans toute sa misère humaine. Et, appuyé contre la grille, par un mouvement continuel des lèvres, il continuait à faire au cheval de Michelangelo :

— Ouche, ouche, ouche ! Ouche, ouche, ouche !

Avec l'inconsciente persévérance des ivrognes, avec une hébétude croissante, il continuait, il continuait... Et c'était une lamentation monotone, douloureuse, presque lugubre, comme le chant des oiseaux nocturnes.

— Ouche, ouche, ouche !...

Alors Michelangelo qui, de son lit, entendait cet appel continuel, se mit brusquement à la fenêtre d'en haut, et, furieux, couvrit d'injures et d'invectives le pauvre pochard.

— Fils de p... Va te jeter dans la Pescare ! Va-t'en d'ici ! Va-t'en ou je vais t'arroser ! Fils de p... qui vient réveiller les bons chrétiens ! Sale ivrogne ! Va-t'en !

Turlendana se remit en marche vers le fleuve, tout chancelant. Au carrefour des fruitiers, une bande de chiens était en conciliabule amoureux. À l'approche de l'homme, toute la bande se dispersa du côté de Bagno. Une autre bande déboucha de la ruelle de Gesidio et prit la rue des Bastioni. Tout le pays de Pescare, dans ce doux clair de lune printanier, était plein d'amours et de combats canins. Le mâtin de Madrigale, enchaîné près d'un bœuf récemment tué, faisait entendre de temps en temps sa voix profonde qui dominait toutes les autres. Parfois, quelque chien débandé passait au grand galop, seul, se dirigeant vers l'endroit de la mêlée. Dans les maisons, les chiens prisonniers hurlaient.

Maintenant, un trouble étrange s'emparait du cerveau de l'ivrogne. Devant lui, derrière lui, autour de lui, la fuite imaginaire des choses recommençait plus rapide. Il s'avançait et tout s'éloignait : les nuages, les arbres, les maisons. Cette espèce de répulsion et de réprobation universelles l'emplit de terreur. Il s'arrêta. Un gargouillement persistant lui secouait les entrailles. Aussitôt, une pensée traversé son esprit en émoi, « Le lièvre »... Aussi le lièvre de Ciávola, ne voulait plus rester avec lui ! Sa frayeur s'accrut ; un tremblement lui prit les jambes et les bras. Mais, pressé par le besoin, il descendit sur la rive, au milieu des saules argentés et des hautes herbes.

La pleine lune rayonnante répandait dans tout le ciel une douce sérénité neigeuse. Les arbres se penchaient dans des attitudes pacifiques au-dessus des eaux fugitives. On eût dit qu'une haleine lente et solennelle émanait du sommeil du fleuve sous la lune. Les grenouilles coassaient.

Turlendana était presque caché par les plantes. Ses mains tremblaient, appuyées sur ses genoux. Tout à coup, il sentit remuer sous lui quelque chose de vivant : une grenouille ! Il poussa un cri, se redressa, se mit à fuir en trébuchant, sous les saules, dans une course grotesque et horrible. Dans le désordre de ses sens, il était épouvanté comme par un fait surnaturel.

Il tomba à quatre pattes dans un trou, la face dans l'herbe. Il se releva à grand'peine et resta un moment à regarder les arbres autour de lui.

Les formes argentées des peupliers taciturnes se dressaient immobiles dans l'air et semblaient s'élever jusqu'à la lune, par un prolongement chimérique. Les berges du fleuve s'allongeaient à perte de vue, presque immatérielles, comme les images des pays de rêves. À droite, les estuaires resplendissaient d'une blancheur éblouissante, d'une blancheur saline, sur laquelle les ombres projetées des nuages migrateurs passaient mollement comme des voiles azurés. Plus loin, la forêt barrait l'horizon. Le parfum des bois et le parfum de la mer se mêlaient.

— Turlendana... Ohééé !... cria une voix, très clairement.

Turlendana, effaré, se retourna.

— Ohé ! Turlendanaaaaaa !...

Et Binchi-Banche parut, en compagnie d'un douanier, à l'entrée d'un sentier tracé par les marins au plus épais des saules.

— Où vas-tu à cette heure-ci ?... Pleurer ton chameau ? demanda Binchi-Banche, en s'approchant.

Turlendana ne répondit pas aussitôt. Il retenait ses culottes avec ses deux mains et ployait légèrement les genoux ; sa figure avait une si étrange expression de stupidité et il balbutiait si misérablement des mots sans suite, que Binchi-Banche et le douanier éclatèrent d'un gros rire.

— Allons, allons ! fit le petit homme ridé, en prenant l'ivrogne par les épaules et en s'acheminant vers le port.

Turlendana marchait en avant. Binchi-Banche et le douanier

suivaient à distance, riant et parlant à voix basse.

Maintenant la verdure n'existait plus et les sables commençaient. On entendait murmurer la mer à l'embouchure de la Pescare.

Dans une espèce de plaine sablonneuse, entre deux dunes, Turlendana se trouva en face de la charogne de Barbara, qui n'était pas encore enterrée. Le grand corps, tout écorché, était sanguinolent ; les masses adipeuses du dos étaient découvertes et apparaissaient d'une couleur jaunâtre ; sur les jambes et sur les cuisses, la peau restait avec tous ses poils et toutes ses callosités ; dans la bouche, on voyait les deux dents énormes, anguleuses, crochues de la mâchoire supérieure et la langue blanchissante ; la lèvre d'en-dessous était, on ne sait pourquoi, coupée et le cou ressemblait à un tronc de serpent.

Turlendana, devant ce tableau déchirant, se mit à hurler en secouant la tête. Il poussait des cris singuliers, qui n'avaient plus rien d'humain.

— Ohé ! ohé ! ohé !

Puis voulant se pencher sur le chameau, il tomba par terre et essaya en vain de se relever ; mais, vaincu par la torpeur du vin, il resta sans connaissance, endormi.

Binchi-Banche et le douanier arrivèrent juste au moment de sa chute. Ils le prirent, l'un par la tête et l'autre par les pieds ; ils le soulevèrent et l'étendirent tout de son long sur le corps de Barbara, dans une attitude amoureuse. Les deux hommes ricanaient en faisant leur besogne.

Et ainsi Turlendana resta couché sur le corps du chameau, jusqu'à l'aurore...

TOTO[1]

C'était une espèce d'ourson mal léché, qui semblait être descendu dans la plaine de quelque gorge profonde de la Maiella, avec son visage sale, ses cheveux noirs et rudes, ses petits yeux ronds, jaunâtres comme la fleur du lierre, sans cesse en mouvement.

Pendant la belle saison, il battait les champs, volant les fruits sur

---

1 Publié dans *Terra Vergine*, Sommaruga, **éditeur**. Rome, 1882.

les arbres, cueillant les mûres sur les haies ou jetant des pierres aux lézards assoupis au soleil. Il poussait de petits cris rauques, brisés, qui rappelaient l'aboi du dogue, quand celui-ci jappe attaché à la chaîne, pendant les lourds midis d'été ou bien le vagissement incompréhensible d'un enfant au maillot. Le pauvre Toto était muet !...

Les brigands lui avaient coupé la langue. À cette époque, il gardait les vaches de son maître ; il les menait paître dans des champs pleins de trèfles rouges et de sainfoin, en soufflant dans son *piffero*[1] de roseau en regardant les nuages accrochés au sommet des montagnes ou le vol des canards sauvages chassés par l'orage. Un jour d'été, tandis que le sirocco secouait les chênes et que la Maiella disparaissait fantastiquement derrière des vapeurs violettes, le Maure parut avec deux compagnons et ils s'emparèrent de la vache tachetée ; comme le berger criait, ils lui coupèrent un morceau de la langue et le Maure lui dit :

— Maintenant, va le raconter, fils de bourreau !

Toto revint à la maison, chancelant, agitant les bras, rendant à flots le sang par la bouche. Il y réchappa par miracle ; mais il se souvenait toujours du Maure, et un jour, en le voyant passer dans la rue, garrotté au milieu des soldats, il lui lança une pierre dans les reins et s'enfuit en ricanant.

Plus tard, il abandonna sa vieille mère dans la cabane jaune sous le grand chêne, et se mit à vagabonder, pieds nus, sale, poursuivi par les gamins, haillonneux et affamé. Il était devenu méchant : quelquefois, étendu au soleil, il s'amusait à faire mourir lentement un lézard pris dans les champs ou une belle libellule diaprée. Quand les gamins l'ennuyaient, il grognait comme un sanglier attaqué par une meute de chiens. À la fin, il en frappa un brutalement et, de ce jour, ils le laissèrent tranquille.

Mais il y avait Nina qui l'aimait tendrement, sa bonne, sa belle Nina, une fillette maigre, avec des yeux trop grands dans un visage poudré de taches de rousseur et une touffe de cheveux blondasses sur le front.

Ils s'étaient vus pour la première fois sous l'arc de San-Rocco ; Nina, accroupie dans un coin, dévorait un morceau de pain ; et

---

[1] Sorte de fifre.

Toto, qui n'en avait pas, la regardait d'un air sombre, en se léchant les lèvres.

— En veux-tu ? lui dit la fillette d'une voix faible, en levant ses grands yeux clairs comme un ciel de septembre. En veux-tu, j'en ai un autre morceau ?

Toto s'approcha en souriant et prit la miche. Ils mangeaient tous les deux en silence ; trois ou quatre fois, leurs regards se rencontrèrent et ils se sourirent.

— D'où es-tu, toi ? murmura Nina.

Il lui fit comprendre par des signes qu'il ne pouvait parler et, ouvrant la bouche, lui montra un bout de langue noirâtre. La fillette détourna la tête avec un geste indescriptible d'horreur. Toto lui toucha légèrement le bras, les larmes aux yeux, voulant peut-être lui dire :

— Ne fais pas cela ; ne t'en va pas, toi aussi… Sois bonne…

Mais de sa gorge sortit seulement un son étrange, qui fit bondir la pauvre petite.

— Adieu ! s'écria-t-elle en s'enfuyant.

Puis, ils se revirent et ils semblaient être frère et sœur.

Ils restaient assis au soleil, l'un près de l'autre. Toto posait sa grosse tête brune sur les genoux de Nina et fermait voluptueusement les yeux, comme un chat, quand la fillette lui fourrait ses petites mains dans les cheveux, en racontant toujours l'histoire du Mage et de la fille du Roi.

— Il y avait une fois un roi qui avait trois filles ; la plus jeune s'appelait Stellina, elle avait des cheveux d'or et des yeux de diamant, et quand elle passait, tout le monde disait : « Voilà la Madone !… » Et on s'agenouillait… Un jour, tandis qu'elle cueillait des fleurs dans le jardin, elle vit un beau perroquet vert sur un arbre…

Toto, bercé par cette voix caressante, finissait par s'endormir, en rêvant de la belle Stellina ; les mots sortaient de la bouche de Nina, plus lents, plus étouffés, et cessaient peu à peu. Le soleil enveloppait ce tas de haillons d'une chaude bouffée de lumière.

*

Ils passèrent ainsi assez longtemps, se partageant les aumônes, dormant sur le pavé, courant dans la campagne au milieu des vignes chargées de raisin, au risque d'attraper le coup de fusil d'un paysan.

Toto semblait heureux ; quelquefois, il remettait la petite à califourchon sur ses épaules et partait dans une course folle, sautant par-dessus les fossés, les buissons, les tas de fumier, jusqu'à ce qu'il s'arrêtât, rouge comme du feu, au pied d'un arbre ou au milieu d'une cannaie, en poussant un grand éclat de rire. Nina, tout effarée, riait aussi ; mais si, par hasard, ses yeux tombaient sur le bout de langue noirâtre qui s'agitait dans la bouche de Toto, ouverte par les convulsions du rire, elle sentait un frisson de dégoût lui passer jusque dans les moelles.

Souvent, le pauvre muet s'en apercevait et en restait affligé pour tout le reste du jour.

Mais comme octobre était doux !... Les montagnes brunes, au loin, se détachaient nettement sur le fond clair, voilé par une légère teinte violette qui, en haut, se fondait avec d'indescriptibles tendresses dans l'outremer foncé du ciel. Nina dormait sur le foin, sa petite bouche entr'ouverte, et Toto restait près d'elle, accroupi, à la regarder. Il y avait, à quelques pas de là, une haie de roseaux secs et deux vieux oliviers aux troncs fendus. Comme le ciel était plus beau de ce côté, vu à travers les roseaux blanchis et les feuilles bleutées des oliviers !

Le pauvre muet pensait, pensait Dieu sait à quelles étranges choses !... Peut-être à Stellina ? Peut-être au Maure ? Peut-être à la cabane jaune, sous le chêne, où une vieille femme filait en l'attendant vainement ? Qui sait ?...

L'odeur du foin lui causait une espèce de griserie ; il se sentait dans le sang comme des fourmillements, des petits frissons, des flammes qui lui montaient au cerveau et y allumaient des images, des fantômes, des profils éblouissants, aussitôt évanouis. Avez-vous jamais vu brûler du chaume ? Les courts brins de paille, dès que le feu les a touchés, brillent, rougeoient, se tordent, pétillent, s'éteignent et ne forment plus qu'un tas de cendres inertes, tandis que l'œil en cherche encore l'éclat.

Nina respirait tranquillement, la tête un peu renversée en arrière. Une fois, Toto prit un brin d'herbe et lui chatouilla le cou : la fillette, toujours les yeux clos, fit le geste de chasser une mouche en gémissant doucement. Le muet s'était reculé et riait avec une main posée sur la bouche, afin de ne pas se faire entendre ; puis il se redressa, alla cueillir de grosses fleurs blanches sur le talus, les jeta autour de Nina et se pencha sur elle jusqu'à sentir l'haleine tiède de la fillette lui caresser la joue ; il se pencha encore davantage, encore davantage, lentement, comme attiré par un charme mystérieux ; puis, il ferma les yeux et la baisa sur la bouche. L'enfant, à ce contact, s'éveilla en sursaut, poussant un cri ; mais elle vit Toto qui était encore là, les yeux clos, le visage tout rouge, et elle éclata de rire.

— Fou ! s'écria-t-elle, avec sa voix frêle qui, quelquefois, avait des notes de mandoline.

Puis, ils restèrent là, l'un près de l'autre, s'amusant à se rouler dans le foin.

*

Un dimanche de novembre, à midi, ils se trouvaient sous l'arc de San-Rocco. Dans l'azur clair du ciel, le soleil laissait tomber sur les maisons une lumière douce et blonde, et dans cette clarté dorée, les cloches sonnaient à toute volée, tandis que des rues voisines venait un bruit confus, comme celui d'une immense ruche. Ils étaient seuls : d'un côté, la rue du Chat absolument déserte ; de l'autre, les champs labourés. Toto regardait le lierre fleuri suspendu à la crevasse du mur vermeil.

— Maintenant, l'hiver va venir... dit Nina, pensive, en examinant ses pieds nus et ses haillons sans couleur. La neige va venir, qui blanchira toute la terre... Et nous n'avons pas de maison, et nous n'avons pas de feu... Ta maman est morte, à toi ?

Le muet baissa la tête ; après un instant, il la releva vivement et, les yeux brillants, montra l'horizon lointain.

— Elle n'est pas morte ?... elle t'attend ?

Toto fit signe que oui ; puis il fit encore d'autres signes qui voulaient dire :

— Allons dans ma maison, qui est là-bas, au pied de la montagne : là, il y a du lait, il y a du feu, il y a du pain...

*

Ils marchaient, ils marchaient, s'arrêtant devant les maisons et dans les villages ; ils souffraient souvent de la faim et souvent ils dormaient au grand air, sous un char, contre la porte d'une écurie. Nina souffrait, elle était devenue livide, les yeux éteints, les lèvres pâles, les pieds gonflés et ensanglantés. Toto, quand il la regardait, sentait son cœur se briser de douleur ; il lui avait jeté sur les épaules sa vieille veste trouée et il la portait dans ses bras pendant un bon bout de chemin.

Un soir, après avoir fait plusieurs milles, ils se trouvèrent dans un endroit désert, où il n'y avait pas de maisons : la neige recouvrait la terre, haute d'une main, et tombait encore à gros flocons, chassée par une bise aigre. Nina, claquant des dents de fièvre et de froid, s'était entortillée autour de lui comme un petit serpent, et ses faibles plaintes, qui ressemblaient à des râles, passaient dans la poitrine du pauvre Toto comme autant de coups de stylet.

Mais il allait, il allait, sentant le cœur de la fillette battre contre le sien... Puis, il ne sentit plus rien ; les petits bras de l'enfant restaient serrés autour de son cou, avec la rigidité de l'acier et sa tête mignonne pendait d'un côté. Il jeta un cri comme si une veine de sa poitrine venait de se rompre ; puis, il serra plus étroitement ce petit corps inanimé, et il alla, il alla, à travers la plaine immense, au milieu des tourbillons de neige, au milieu des sifflements de la rafale, furieusement, comme un loup à jeun ; il alla, il alla, jusqu'à ce que ses muscles fussent raidis, jusqu'à ce que son sang se fût glacé dans ses veines. Alors il tomba, exténué, toujours avec le petit cadavre accroché à son cou.

Et la neige les recouvrit...

MUNGIÁ[1]

Dans les environs de Pescare, à San Silvestro, à Fontanella, à San-Rocco, jusqu'à Spoltore, dans les fermes de Vallelonga, au delà de l'Alento, et surtout dans les petites bourgades de marins, près de l'embouchure du fleuve, dans toutes ces maisons de terre glaise et de roseaux secs, où on allume le feu avec ce que rejette le flot ; dans tout ce coin des Abruzzes, fleurit depuis longtemps la réputation d'un rapsode catholique, qui a un nom de pirate barbaresque et est aveugle comme le vieil Homère.

---

1 Publié dans *San-Pantaleone,* G. Barbera, **éditeur**, 1886.

Mungiá commence ses pérégrinations au début du printemps et les termine au mois d'octobre, aux premiers froids. Il s'en va par les campagnes, conduit par une femme ou un enfant. Dans la grande et forte sérénité des champs, il fait résonner les douloureuses psalmodies chrétiennes, les antiennes, les invitatoires, les répons, les psaumes de l'office des morts. Comme sa figure est familière à tous, les chiens des fermes n'aboient pas sur son passage. Il s'annonce par un trille de clarinette et, à ce signal bien connu, les vieilles mères sortent sur le seuil des portes, accueillent honnêtement le chantre, lui mettent une chaise à l'ombre de quelque arbre, lui demandent des nouvelles de sa santé. Tous les paysans quittent le travail et se rangent en cercle, encore haletants, s'essuyant la sueur du front avec un geste simple de la main. Ils restent debout, dans une attitude déférente, tenant encore leurs instruments agricoles. Leurs bras, leurs jambes, leurs pieds nus ont les difformités que les travaux lents et patients donnent aux membres trop exercés. Leurs corps noueux, dont la peau a la couleur des mottes de terre, surgissant du sol dans la grande lumière du jour, semblent presque avoir les mêmes racines que les arbres voisins.

Alors une solennité sacrée s'élève de cet homme aveugle et se répand sur les gens, sur les choses d'alentour. Le soleil, les beaux fruits de la terre, la joie de l'œuvre nourricière, les chansons des chœurs lointains, ne suffisent pas pour défendre les âmes contre le recueillement et la tristesse de la religion. Une des mères indique le nom d'un parent mort, auquel elle offre ces cantiques pour le secourir dans l'autre monde. Mungiá, alors, se découvre…

Son crâne large et luisant paraît, entouré de canitie ; et, toute sa face, pareille dans la quiétude à un masque corrodé par un mystérieux acide, se plisse, s'anime tandis qu'il fait le geste de porter la clarinette à sa bouche. Sur les tempes, sous les yeux, le long des oreilles, autour des narines et aux commissures des lèvres, mille rides fines et serrées, se forment et se brouillent, selon l'aspiration rythmique du souffle dans l'instrument. Les pommettes restent tendues, luisantes et saillantes, sillonnées de veines sanguines pareilles à celles qui paraissent sur les feuilles de vigne, en automne. Et, on ne voit des yeux, au fond des orbites, que la marque rougeâtre de la paupière inférieure retournée. Et, sur toutes les rugosités de la peau, sur toute cette œuvre merveilleuse d'incisions et de reliefs faite par la maigreur et la vieillesse, entre les poils durs et courts d'une barbe mal rasée, dans les cavités et dans les cordes du cou long et roide, la lumière se brise, fuit, se distille en gouttes comme la rosée sur une citrouille couverte de verrues et de moisissures, joue de mille manières, vibre, s'étend, miroite, donnant quelquefois à cette blanche tête des airs inattendus de noblesse.

Des sons sortent de la clarinette de buis, selon les mouvements des doigts incertains sur les clefs. L'instrument semble avoir en lui une vie propre et cette inexprimable apparence d'humanité qu'acquièrent les choses par un usage continuel au service de l'homme. Le buis a un poli onctueux ; les trous, qui pendant l'hiver deviennent les nids de petites araignées, sont encore bouchés par les toiles ou par la poussière ; les clefs sont tachées de vert de gris, et, çà et là, la cire vierge et la poix cachent les dégâts, tandis que le fil et le papier serrent les joints. Mais la voix est faible et chevrotante. Les doigts de l'aveugle se meuvent machinalement, car ils ne font que rechercher ce prélude, qu'ils n'ont pas joué depuis longtemps.

Les mains longues, déformées, avec de gros nœuds à la première phalange de l'annulaire et du médium, avec l'ongle du pouce écrasé et violeté, ressemblent aux mains d'un singe décrépit : elles ont la teinte de certains fruits malsains, un mélange de rosé, de jaunâtre, de bleuâtre ; elles ont sur la paume un laborieux filet de lignes profondes et, entre chaque doigt, la peau est excoriée.

Comme le prélude finit, Mungiá se met à chanter le *Libéra me, Domine* et le *Ne recorderis* lentement, sur une modulation de cinq notes seulement. Dans le chant, les terminaisons latines se mêlent aux formes de l'idiome natal ; de temps en temps, presque comme un rappel métrique, passe un adverbe en *ente*, suivi de nombreuses rimes graves ; la voix a une élévation de ton momentanée, puis l'onde s'abaisse et continue à battre des niveaux moins fatigants. Le nom de Jésus paraît souvent, et la Passion de Jésus est tout entière contée en strophes irrégulières de vers septenaires et quinaires, non sans un certain mouvement dramatique.

Les paysans, en cercle, écoutent avec une âme dévote, regardant la bouche du chanteur. Quelquefois, le vent apporte des champs un chœur de moissonneurs ou de vendangeurs, selon la saison, qui se dispute avec l'hymne sacrée ; et l'arbre, sous la brise, se fait musical.

Mungiá, qui a l'oreille un peu dure, continue à entonner les mystères de la mort. Ses lèvres se collent à ses gencives désertes et la salive commence à lui couler le long du menton. Alors, il embouche sa clarinette et joue l'*intermezzo,* puis reprend les strophes. Et ainsi, il va jusqu'à la fin. Sa récompense est une petite mesure de froment, une carafe de vin doux, une botte d'oignons et, parfois, une poule.

Il se lève de sa chaise. Son corps est grand et maigre, son dos voûté, ses genoux un peu en dedans. Il porte sur la tête une large casquette verte et, en toute saison, sur les épaules, un manteau fermé à l'encolure par deux grosses agrafes de cuivre, s'arrêtant à mi-cuisse. Il marche péniblement, s'arrêtant quelquefois pour tousser.

*

Quand, en octobre, les vendanges sont faites et les routes pleines de boue ou de gravier, il se retire dans son grenier ; et là, il vit avec un tailleur, dont la femme est paralytique, et avec un balayeur qui a neuf enfants rachitiques ou scrofuleux. Lorsque le temps est beau, il se fait conduire sous l'arc de Porta nova ; il s'assied au soleil, sur une pierre et se met à chanter le *Te Deum,* tout bas, pour s'exercer la voix. Alors, presque toujours, les mendiants font cercle autour de lui : hommes aux membres disloqués, bossus, estropiés, épileptiques, lépreux ; vieilles femmes couvertes de plaies, de croûtes ou de cicatrices, sans dents, sans cils, sans cheveux ; enfants verdâtres, comme des sauterelles, maigres, décharnés, avec les yeux perçants des oiseaux de rapine, avec une bouche flétrie, taciturnes, tristes, ayant dans le sang le germe d'un mal héréditaire ; tous ces monstres de la pauvreté, tous ces misérables restes d'une race épuisée, toutes ces créatures haillonneuses du bon Dieu viennent se grouper autour du chantre et lui parlent comme à un égal.

Alors Mungiá chante plus fort, par bonté pour les assistants. Voilà Chiachiú, natif de Silvi, se traînant péniblement par terre, à l'aide de ses poignets munis d'un disque de cuir, tenant dans ses mains son pied tordu comme une racine. Voilà la Chenille, une figure ambiguë, répugnante, d'hermaphrodite sénile, qui a le cou plein de furoncles vermeils, les tempes ornées de boucles grises dont elle paraît très fière et tout l'occiput couvert de duvet comme celui d'un vautour. Voilà les Mammalucchi, les trois frères idiots, qui semblent nés de l'accouplement d'un homme et d'une brebis, tant les traits saillants du mouton se retrouvent dans leurs visages : l'aîné a le globe des yeux sortant des orbites, dégénérés, mous, d'une couleur bleuâtre, pareils à la poche d'un poulpe prêt à se putréfier ; le cadet a le lobe d'une oreille démesurément gonflé et violet, semblable à une figue ; tous les trois mendient en commun, avec la besace de grosse toile sur le dos.

Voilà le Possédé, un homme décharné et serpentin, dont les paupières sont retournées comme celles des pilotes qui naviguent sur les mers battues par le vent ; il a la face olivâtre, camuse, avec un air singulier de malice et de fourberie révélant ses origines de bohémien. Voilà la Catalane de Gissi, une femme d'âge incertain, avec des longues touffes de cheveux rougeâtres pendant sur les oreilles et des taches pareilles à des pièces de cuivre sur la peau du front, efflanquée comme une chienne qui vient de mettre bas : la Vénus des gueux, la fontaine d'amour à laquelle vont se désaltérer ceux qui souffrent de la soif. Voilà Jacobbe de Campi, le grand vieillard au poil verdâtre comme celui de certains ouvriers qui travaillent le cuivre. Voilà l'industrieux Gargalá dans son petit véhicule construit avec des débris de barque encore goudronnés. Voilà Costantino di Corrópoli, dont la lèvre inférieure a une excroissance qui lui donne l'air de toujours avoir un morceau de viande crue entre les dents. Voilà d'autres encore qui arrivent… Tous les ilotes qui ont émigré le long du fleuve, venant des montagnes à la mer, tous se serrent autour du rapsode, sous le soleil qui brille pour tous.

Mungiá chante alors avec une plus grande recherche de moyens, essayant d'insolites notes élevées. Une espèce d'orgueil, un vague désir de gloire envahit son âme, car il exerce libéralement son art, sans rien demander à personne. Dans la tourbe de ces loqueteux s'élèvent de temps en temps des bruits d'applaudissements, qu'il entend à peine.

Le chant achevé, comme le doux soleil abandonne cet endroit et caresse seulement le sommet des colonnes corinthiennes de l'arc de Porta nova, les mendiants saluent l'aveugle et se dispersent dans les terres environnantes. Par habitude, Chiachiú di Salvi, avec son pied tortu dans les mains et les frères Mammalucchi restent près du chantre, tandis que celui-ci, taciturne, pense peut-être aux triomphes de sa jeunesse, quand Lucicappelle, Golpo di Cásoli et

Quattórece étaient encore vivants.

*

Ah ! le glorieux quatuor de Mungiá !

Le petit orchestre avait conquis, dans presque toute la vallée inférieure de Pescare, une grande renommée.

Golpo di Cásoli jouait de la viole à archet ; c'était un homoncule tout grisâtre comme les lézards des toits, avec la peau du visage et du cou rugueuse et membraneuse comme les téguments d'une tortue cuite dans l'eau. Il portait une espèce de bonnet dont les deux ailes, de chaque côté, se rabattaient sur les oreilles ; il maniait son archet avec des gestes rapides, appuyant son menton pointu sur le bois de l'instrument, pinçant les cordes avec des doigts contractés, faisant montre d'un grand effort dans la manière de jouer, comme le font les macaques des saltimbanques nomades.

Après lui, venait Quattórece, avec sa contrebasse attachée sur le ventre par une courroie de peau d'âne. Long et maigre comme un cierge, il avait dans toute sa personne une singulière tendance à la couleur orangée. Il ressemblait à une de ces figures monochromes, peintes en des attitudes rigides sur les vases rustiques des Castelli. Ses yeux, comme ceux des chiens de bergers, avaient une tonalité qui passait du châtain clair à l'or sombre ; les cartilages de ses grandes oreilles, ouvertes comme celles des chauves-souris, prenaient à la lumière une teinte d'un jaune rosé ; ses vêtements étaient de cette nuance tabac pâle, adoptée par les chasseurs et sa vieille contrebasse, ornée de plumes, de fils d'argent, de houppes, de petites images, de médailles, de verroteries, avait l'aspect de je ne sais quel instrument barbare, dont il devait jaillir des sons nouveaux, étranges, inconnus.

Mais Lucicappelle, portant en travers son énorme guitare à deux cordes accordées en diapente, marchait le dernier d'un pas hardi et sautillant comme un Figaro rustique. Il était le boute-en-train du quatuor, le plus vert, le plus alerte, le plus spirituel. Une grosse touffe de cheveux crêpés bouffait par-devant, sous une espèce de toque écarlate ; à ses oreilles luisaient, avec une coquetterie féminine, deux cercles d'argent, et les traits de son visage exprimaient naturellement la gaieté. Il aimait le vin, les *brindisi* en musique, les danses en plein air, les sérénades en honneur de la beauté, les banquets bruyants.

Partout où on célébrait un mariage, un baptême, une fête native, un enterrement, le quatuor de Mungiá accourait et était désiré, acclamé. Il précédait les cortèges nuptiaux, dans les rues jonchées de fleurs, de joncs et d'herbes odoriférantes, au milieu des acclamations et des salves joyeuses. Cinq mules enguirlandées portaient les cadeaux ; un char tiré par deux paires de bœufs, les cornes ornées de rubans multicolores et le dos couvert d'une housse, traînaient la *soma*[1]. Les bassins, les chaudrons, toute cette vaisselle de cuivre tintait à chaque tour de roue ; les sièges, les bancs, les tables, les coffres, tous ces meubles de ménage aux formes rudes et antiques, oscillaient en craquant ; les couvertures de damas, les riches jupons à fleurs, les corps brodés à la main, les tabliers de soie, tous ces vêtements féminins resplendissaient au soleil, dans un gai bariolage ; et, une quenouille, symbole des vertus familiales, plantée au sommet, chargée de lin, se détachait sur l'azur du ciel comme une massue d'or.

Les femmes de la famille, portant sur la tête une corbeille remplie de froment, et sur le froment un pain, et sur le pain une fleur, s'avançaient à la file en chantant, toutes dans une même attitude simple et presque hiératique, semblables aux canéphores des bas-reliefs grecs. Quand elles arrivaient à la maison, près du lit nuptial, elles posaient le panier à terre, prenaient une poignée de froment et, l'une après l'autre, la jetaient sur la jeune épousée, prononçant une formule de bonheur traditionnelle, où la fécondité et l'abondance étaient invoquées. La mère accomplissait la même cérémonie, en pleurant et, avec un petit pain, elle touchait la poitrine, le front, les épaules de sa fille, en lui adressant de plaintives et tendres paroles d'adieu.

Puis, dans la cour, sous un vaste toit de paille tressée ou de branchages, commençait le repas. Mungiá, à qui la cécité n'était arrivée qu'avec les infirmités de la vieillesse, debout dans sa magnifique cuirasse verte, suant, rayonnant, flamboyant, soufflait dans sa clarinette de toute la force de ses poumons et excitait ses compagnons en frappant du pied par terre. Golpo di Cásoli fouettait frénétiquement sa viole ; Quattórece suivait péniblement

---
1 Dot de la fiancée.

la croissante furie de la musique et sentait grincer sur son ventre le frottement strident de l'archet sur les cordes. Lucicappelle, rejetant la tête en arrière, serrant le manche de sa guitare avec la main gauche, et, avec la droite, pinçant les deux fortes cordes métalliques, regardait du coin de l'œil les femmes qui se tenaient au fond et riaient, toutes lumineuses, dans la gaieté des arbres en fleurs.

Alors, le *maître des cérémonies* apportait les mets dans de vastes paniers pleins : la fumée montait comme un nuage et allait se perdre dans les feuillages ; les vases emplis de vin, aux anses usées, passaient d'hommes en hommes ; les bras, s'allongeant et se croisant sur la table, au milieu des pains couverts d'anis et des fromages plus ronds que le disque de la lune, prenaient des oranges, des amandes, des olives ; les odeurs des épices se mêlaient aux fraîches effluves des champs ; et, de-ci, de-là, entre deux verres de liqueurs transparentes, les invités présentaient à la mariée des petits bijoux, des colliers faits avec de grosses graines massées comme des grappes d'or. À la fin, une grande joie bachique s'allumait dans les âmes : les clameurs croissaient, jusqu'à ce que Mungiá, la tête découverte, s'avançait tenant un verre plein et chantait le beau distique traditionnel qui, d'habitude, dans les banquets du pays, déliait toutes les langues et commençait la longue série des *brindisi* :

Le vin est galant et doux,
À la bonne santé de tous ! [1]

CINCINNATUS[2]

Sa taille n'était pas élevée ; il était maigre, souple comme un jonc, avec une tête léonine légèrement penchée à gauche, couverte d'une forêt sauvage de cheveux châtains, qui lui tombaient jusque sur les épaules, bouclés, frisés, crêpés, flottant au vent comme une crinière. Il portait la barbe entière, inculte elle aussi, pleine de brins de paille ; ses yeux étaient toujours baissés, regardant la pointe de

---
1 Voici le distique en dialecte des Abruzzes :
Quistu vino è dolige e galante
A la saluta di tutti quante !
2 Publié sous le titre : *Cincinnato*, dans *Terra Vergine*, Sommaruga, 1882.

ses pieds nus. Quand ils se posaient sur le visage de quelqu'un, ils épouvantaient, car leur expression était étrange, indéfinissable ; souvent, dans leur fixité, ils semblaient hébétés ; puis, des lueurs imprévues les traversaient, les faisant paraître fiévreux ; tantôt, ils rappelaient l'eau verdâtre des fossés, inerte et sans reflet ; tantôt, l'éclair brillant d'une lame de Tolède.

Il portait une vieille veste rougeâtre sur l'épaule, comme une cape espagnole, avec un air fanfaron qui avait cependant un je ne sais quoi d'élégant et d'aristocratique. On l'appelait Cincinnatus ; on disait aussi qu'il avait l'esprit un peu dérangé, et puis on parlait d'un amour trahi, d'un coup de couteau, d'une fuite...

Quand je le connus, en 1876, j'avais treize ans et il m'intéressait. Aux heures de l'été, quand la grande place déserte était inondée de soleil, alors qu'on voyait seulement sur le pavé brûlant deux ou trois chiens errants et qu'on n'entendait que le grincement monotone, agaçant et strident de la roue de Bastiano, le rémouleur, je passais des demi-heures derrière ma persienne close à le regarder. Il se promenait lentement au soleil, avec l'air d'un grand seigneur ennuyé ; parfois, il s'approchait des chiens, tout doucement, tout doucement, comme pour ne pas se faire voir ; il prenait une pierre et la jetait légèrement entre eux ; puis, il se détournait d'un air indifférent. Alors, les chiens s'approchaient en remuant la queue et il poussait de petits éclats de rire enfantin, tout heureux. Et moi, je riais aussi...

*

Un jour, je pris mon courage à deux mains ; quand il fut près de ma fenêtre, je me penchai dehors et je criai :

— Cincinnatus !

Il se retourna vivement, m'aperçut et sourit. Alors, je cueillis un œillet dans un pot et le lui jetai. De ce jour-là, nous fûmes amis.

Il m'appelait le « petit frisé ». Un samedi soir, j'étais sur le pont, à regarder rentrer les barques de pêche. C'était un merveilleux coucher de soleil de juillet, plein de nuages écarlates et dorés ; le fleuve, vers la mer, avait des flamboiements et des miroitements ardents ; du côté des montagnes, les rives donnaient à l'onde un reflet verdâtre, en y projetant les arbres qui les bordaient : des bosquets de roseaux, des buissons de joncs, des rideaux de peupliers très hauts, dont le faîte semblait dormir dans l'air en feu. Les barques entraient lentement dans l'embouchure, avec leurs grandes voiles oranges, rouges, pourprées, à raies et à dessins noirs ; deux d'entre elles étaient déjà amarrées et déchargeaient leur pêche ; la voix des marins et l'odeur fraîche des algues marines arrivaient par bouffées.

Tout à coup, en me retournant, je vis devant moi Cincinnatus tout en sueur, qui tenait sa main droite derrière son dos, comme pour me cacher quelque chose et avait, sur les lèvres, son rire d'enfant joueur.

— Eh bien, Cincinnatus ?... dis-je tout heureux, en lui tendant ma petite main blanche.

Il fit un pas en avant et me tendit un beau bouquet de coquelicots flamboyants et d'épis d'or.

— Merci, merci ! Comme ils sont beaux !... m'écriai-je en les prenant.

Il s'essuya avec la main la sueur qui lui coulait du front ; puis, il examina ses doigts mouillés ; puis, il m'examina, et se mit à rire.

— Les coquelicots sont rouges et se trouvent dans les champs, au milieu des blés jaunes ; je les ai vus, je les ai pris, je te les ai apportés et tu as dit : « Ils sont beaux !... » Cincinnatus les a cueillis dans les champs, sous le soleil, qui était comme du feu...

Il parlait, presque bas, par petites pauses, faisant un effort pour suivre le fil de son idée ; cent images confuses lui passaient dans le cerveau et il en saisissait deux, trois, les plus précises, les plus colorées ; puis, les autres s'envolaient. Cela se voyait dans ses yeux. Je le regardais curieusement et il me paraissait beau. Il s'en aperçut aussitôt et tourna la tête de l'autre côté, vers les barques.

— Les voiles... fit-il, pensif. Il y en a deux : une dessus et une autre dessous, dans l'eau...

Il ne semblait pas comprendre que celle de dessous était un reflet. J'essayai de le lui expliquer de mon mieux, tandis qu'il m'écoutait comme ensorcelé, mais probablement sans y rien comprendre. Je me souviens que le mot « diaphane » le frappa.

— Diaphane ! murmura-t-il étrangement, et il sourit.

Puis, il se remit à considérer les voiles. Une feuille de coquelicot tomba dans le fleuve. Il la suivit des yeux tant qu'il put.

— Celle-là va loin, loin, loin… dit-il mélancoliquement, avec un accent indescriptible, comme si cette feuille lui était chère.

Il regarda le ciel, qui était devenu d'une teinte verte, très pure. Les montagnes violettes se dessinaient sur l'horizon, comme « un cyclope couché sur le dos ». Au delà, sur le fleuve, s'allongeait le pont de fer qui découpait le ciel en petits carrés ; au fond, sous le pont, la verdure des arbres s'était obscurcie. Un bruit confus de cris, de voix, venait de la caserne.

— J'avais une maison blanche ; et dans le vaste potager se trouvaient des pêches ; et Tresa venait les surveiller, elle venait… Jolie !… les yeux… Jolie Tresa !… Mais lui…

Il s'arrêta brusquement ; certainement, une sombre pensée lui avait traversé l'esprit, car ses yeux étaient devenus farouches.

Puis, il se rasséréna et me fit un profond salut ; il s'éloigna en fredonnant une chanson populaire.

*

Ensuite, je le revis souvent ; quand il passait dans la rue, je l'appelais toujours pour lui donner du pain. Une fois, je lui offris des sous que ma mère m'avait donnés : il devint très sérieux, les repoussa avec un geste dédaigneux et me tourna le dos. Le soir, je le rencontrai hors la Porta-Nuova ; je m'approchai, en lui disant :

— Cincinnatus, pardonne-moi…

Il se mit à fuir comme un oiseau poursuivi et se perdit au milieu des arbres.

Mais le lendemain matin, il attendit ma sortie à la porte de notre maison et me tendit, tout souriant et tout honteux, une belle gerbe de marguerites. Il avait les yeux humides et ses lèvres tremblaient, ce pauvre Cincinnatus !

Une autre fois, à la fin d'août, nous étions assis tous les deux au bout de l'avenue, et le soleil était déjà couché derrière les montagnes. Dans la vaste campagne endormie, on entendait de temps en temps des voix lointaines, des rumeurs indistinctes ; vers la mer, s'étendait la tache sombre des haies de pins ; une lune couleur de cuivre montait dans le ciel, lentement, au milieu de nuages fantastiques.

Il regardait la lune, en murmurant avec un accent enfantin :

— Quelquefois, on la voit ; quelquefois, on ne la voit pas... Quelquefois, on la voit ; quelquefois, on ne la voit pas.

Puis, il réfléchit un moment :

— La lune !... elle a les yeux, le nez et la bouche tout comme un bon chrétien ; et elle nous regarde... Qui sait ce qu'elle pense ?... Qui sait ?...

Il se mit à fredonner une chansonnette des Abruzzes, aux longues cadences mélancoliques, une de ces chansons qui résonnent sur nos montagnes dans les flamboyants crépuscules d'automne, après la vendange. Au loin, on voyait s'approcher rapidement les deux fanaux du train, dans l'ombre, pareils aux yeux démesurément ouverts d'un monstre. Le train passa, bruyant et fumant ; on entendit le sifflet aigu de la locomotive sur le pont de fer ; puis le calme revint dans l'immense campagne obscure.

Cincinnatus s'était levé et criait :

— Il va, il va, il va loin, très loin, noir et long comme le dragon, et ses entrailles renferment du feu mis par le démon... Oui, du feu mis par le démon...

J'ai toujours devant les yeux son attitude à ce moment-là.

L'apparition inattendue du train dans le profond silence de la nature l'avait frappé. Il resta pensif tout le long du chemin.

*

Nous allâmes à la mer par une belle après-midi de septembre. L'eau d'un azur sombre se détachait admirablement sur l'horizon opalin teinté d'un peu de laque ; les barques de pêche allaient deux par deux ; elles ressemblaient à de grands oiseaux inconnus, aux ailes dorées et vermeilles. Puis, derrière nous, et le long de la rive, les dunes fauves ; et, au fond, la tache glauque de la saulaie.

— La mer est grande ; elle est bleue... disait-il tout bas, comme se parlant à lui-même, avec un accent où se sentait l'admiration et la terreur. Elle est grande, grande, grande, et il y a des poissons qui mangent les hommes ; il y a aussi l'Ogre dans la caisse de fer qui crie toujours, sans que personne l'entende et il ne peut sortir ; il y a encore la barque noire qui passe seulement la nuit, et ceux qui la voient meurent dans l'année...

Puis, il s'arrêta et s'approcha si près de la rive, que les petites vagues blanches venaient lui lécher les pieds. Dieu sait ce qui se passait dans cette pauvre tête malade ! Il voyait des lambeaux de mondes lointains et lumineux, il voyait des masses de couleurs, quelque chose de vaste, d'indéterminé, de mystérieux ; et sa raison se perdait au milieu de ces vains fantômes.

Ses phrases hachées, mais presque toujours pittoresques, le laissaient deviner.

Au retour, pendant un bon bout de chemin, il ne prononça pas un mot : je l'observais et mon cœur me disait beaucoup de choses étranges.

— Tu as ta mère qui t'attend à la maison et qui t'embrasse… murmura-t-il enfin, très bas, en me prenant la main.

Le soleil se couchait derrière les montagnes et le fleuve était plein de reflets.

— Et la tienne, où est-elle ? lui demandai-je, les yeux remplis de larmes.

Il vit deux moineaux posés sur le bord de la route ; il prit une pierre et fit le geste de viser, comme s'il avait un fusil dans les mains, puis la lança très loin. Les oiseaux s'enfuirent comme des flèches.

— Vole, vole, vole !… s'écriait-il, en les suivant des yeux dans le ciel de nacre et en riant très fort. Vole, vole, vole !…

*

Mais, depuis quelques jours, j'avais noté un changement en lui ; il semblait avoir continuellement la fièvre ; il courait dans les champs comme un poulain, jusqu'à ce qu'il tombât épuisé, haletant, à bout de force ; il restait des heures entières accroupi par terre, immobile, les yeux sans regard, dans le soleil brûlant de midi. Puis, vers le soir, il se jetait sur les épaules sa vieille veste jaunâtre et se promenait sur la place, lentement, faisant de grands pas, avec l'air d'un grand d'Espagne. Il me fuyait, il ne m'apportait plus ni coquelicots ni marguerites, et j'en souffrais. Les femmes du pays prétendaient que cet homme m'avait ensorcelé. Cependant, un matin, j'allai résolument à sa rencontre : il ne leva pas les yeux et devint rouge comme du feu.

— Qu'est-ce que tu as ? lui demandai-je, avec animation.

— Rien.

— Ce n'est pas vrai.

— Rien.

— Ce n'est pas vrai.

Je m'aperçus qu'il regardait derrière moi, avec une flamme dans les yeux. Je me retournai et je vis, debout à l'entrée d'une boutique, une belle fille du peuple.

— Tresa !... murmura Cincinnatus en pâlissant.

Je compris tout : le malheureux croyait revoir dans cette femme, la sirène de son pays, celle qui lui avait bouleversé l'esprit !

Deux jours plus tard, il la rencontra sur la place ; il s'approcha d'elle en souriant et lui dit :

— Tu es plus belle que le soleil.

La fille lui appliqua un soufflet retentissant.

Il y avait des gamins autour d'eux, qui se mirent à ricaner et à se moquer de Cincinnatus, immobile, effaré, plus blanc qu'un linge. Les trognons de choux volèrent dans l'air ; il y en eut un qui le frappa au visage. Alors, il se précipita sur les galopins en mugissant comme un taureau blessé ; il saisit celui qui était le plus proche et le jeta par terre comme un paquet de chiffons.

*

Je le vis passer sous mes fenêtres, les menottes aux poignets, entre deux carabiniers, avec le sang qui coulait à flots le long de sa barbe, courbé, anéanti, tremblant, sous les insultes de la foule. Je le suivis, les larmes aux yeux.

Mais heureusement, le marmot s'en était tiré avec quelques contusions ; aussi, Cincinnatus sortit de prison deux jours plus tard.

Pauvre diable ! Il n'était plus reconnaissable ! Il était devenu sombre, défiant, rageur. Je le voyais quelquefois, le soir, se glisser, comme un chien battu, dans les ruelles sombres et sales.

Puis, un beau matin d'octobre, plein d'azur et de soleil, on le trouva sur les rails du chemin de fer, près du pont, les os brisés, pareil à un tas de chairs sanglantes. Une jambe, coupée net, avait été traînée par les roues de la locomotive vingt pas plus loin ; la tête sans menton, dont les cheveux étaient alourdis par le sang coagulé, avait les yeux grands ouverts, qui faisaient peur.

Pauvre Cincinnatus ! Il avait voulu voir de près ce monstre « qui va, qui va, disait-il, qui va loin, très loin, noir et long comme le dragon, et dont les entrailles renferment du feu mis par le démon... Oui, du feu mis par le démon... »

LA GUERRE DU PONT
UN CHAPITRE DE LA CHRONIQUE DU PAYS DE PESCARE[1]

Vers les Ides d'août, quand dans les campagnes le grain lavé séchait heureusement au soleil, Antonio Mengarino, un vieux cultivateur plein de sagesse et de probité, se trouvant au conseil de la commune pour s'occuper des choses publiques, entendit les conseillers bourgeois parler à voix basse du choléra qui s'étendait dans quelques provinces d'Italie ; il entendit aussi d'autres conseillers proposer de prendre certaines mesures pour sauvegarder la santé générale ; il entendit encore d'autres conseillers exprimer des craintes à ce sujet, et il s'avança d'un air à la fois incrédule et curieux, pour mieux écouter tous ces propos.

Dans le conseil, comme agriculteurs, il y avait avec lui Giulío Citrullo, qui était de la plaine et Achille di Russo, qui était de la montagne. Et le vieillard, tout en écoutant, se tournait de temps en temps du côté des deux hommes et leur faisait des signes avec les yeux et la bouche, comme pour les avertir de la tromperie qui, selon lui, se cachait dans les discours des conseillers, de la bourgeoisie et du syndic.

Enfin, ne pouvant plus se contenir, il déclara avec l'assurance d'un homme qui sait beaucoup et voit juste :

— Allons ! Pas d'inutiles bavardages entre vous !... Voulons-nous, oui ou non, faire un peu venir le choléra parmi nous ?... Disons-nous-le franchement et que ce soit fini ![2]

---

1 Cette nouvelle est écrite, en grande partie, dans le beau et énergique dialecte des Abruzzes ; elle a été publiée dans *San-Pantaleone*, G. Barbera, **éditeur**, Florence, 1886.
2 Dans les Abruzzes, comme dans toutes les provinces de l'Italie méridionale, le peuple croit fermement que ce sont les « gouvernants » qui provoquent les épidémies à leur gré, en empoisonnant la terre, pour gagner de l'argent ou se débarrasser des pauvres gens. Ici, Antonio Mangarino, qui personnifie le paysan, veut avoir l'air d'être parfaitement au courant des agissements des « bourgeois » et des « gouvernants », qui spéculent sur la vie des manants.

À ces paroles inattendues, tous les assistants restèrent d'abord muets d'étonnement, puis se mirent à rire.

— Voyons, Mengarino, qu'est-ce qui te passe par la tête, sang du Christ ? s'écria don Aiace, le grand assesseur, en frappant sur l'épaule du vieillard.

Et les autres, secouant la tête ou tapant sur la table, déploraient entre eux l'opiniâtre ignorance des paysans.

— Allons ! Est-ce que vous vous imaginez que nous croyons à tous vos bavardages ? fit Antonio avec un geste de dépit, car il était piqué de l'hilarité qui avait accueilli ses paroles.

Dans son âme, comme dans celle des deux autres cultivateurs, se réveillaient la défiance et la sourde hostilité des paysans contre les « messieurs ». Ainsi, ils étaient donc exclus des secrets du conseil : Ainsi, ils étaient donc considérés comme des rustres ? Ah !... ce n'était vraiment pas bien, par la Majella[1] !

— Faites comme vous voudrez, du reste !... Nous autres, nous nous en allons ! conclut le vieillard, d'un ton âpre, en se couvrant la tête.

Et les trois paysans sortirent en silence de la salle, d'un pas plein de dignité.

Quand ils furent hors du pays, dans la campagne riche de blé et de vignes, Antonio Mengarino, s'arrêtant pour allumer sa pipe, déclara :

— Prenez garde à vous... Car, cette fois, Dieu seul sait comment cela finira, de par la Majella ! Je ne voudrais pas être à la place du syndic !

Cependant dans les campagnes, la crainte du fléau imminent bouleversait toutes les âmes. Autour des arbres fruitiers, autour des vignes, autour des citernes, autour des puits, les cultivateurs veillaient, soupçonneux et menaçants, avec une inlassable patience. Dans la nuit, de fréquents coups de feu troublaient le silence ; les chiens, excités, aboyaient jusqu'à l'aube. Les injures contre les « gouvernants » éclataient de jour en jour avec une plus grande violence. Tous les travaux pacifiques et sacrés de la terre étaient entrepris avec une sorte d'incurie et d'insouciance. Des chants de

---
1 Montagne des Abruzzes.

révolte, rimés à la hâte, jaillissaient du sol même.

Puis, les vieillards rappelaient les souvenirs des mortalités passées, confirmant la croyance générale dans le poison. Un jour, en 1854, les vendangeurs de Fontanella, ayant surpris un individu au sommet d'un figuier et l'ayant obligé à descendre, s'aperçurent que celui-ci cachait une fiole pleine d'un onguent jaunâtre. Ils le forcèrent à avaler tout le contenu de la bouteille, et brusquement l'homme, qui était de Padoue, se renversa en arrière, livide, les yeux fixes, les membres tordus, le cou raidi et l'écume à la bouche. À Spoltore, en 1837, Zinicche, un forgeron, tua net au milieu de la Grand'Place le charretier, Don Antonio Rapino : aussitôt les morts cessèrent.

Puis, peu à peu, les légendes se formaient et se transformaient en passant de bouche en bouche, et, quoique de date récente, prenaient un caractère merveilleux, presque fabuleux.

L'un disait qu'au Palais Communal venaient d'arriver sept caisses de poison, distribué par les gouvernants « pour qu'il fût répandu dans les champs et mêlé au sel. Les caisses étaient vertes, cerclées de fer, avec trois serrures. Le syndic avait dû payer sept mille ducats pour enfouir ces caisses dans la terre et libérer le pays. Un autre racontait que les « gouvernants » donnaient au syndic cinq ducats pour chaque mort. La population était trop nombreuse : les pauvres devaient mourir. Le syndic était en train de faire les listes. Ah ! il s'enrichirait cette fois, celui-là !

Et ainsi, l'effervescence croissait. Au marché de Pescare, les cultivateurs n'achetaient rien, n'apportaient rien à vendre. Les figues des arbres, arrivées à maturité, tombaient et se pourrissaient sur le sol. Les grappes de raisins restaient intactes sur les pampres. Les larcins nocturnes ne se produisaient plus, car les voleurs craignaient de cueillir des fruits empoisonnés. Le sel, l'unique marchandise prise dans les boutiques de la ville, était d'abord offert aux chiens et aux chats pour l'essayer.

Un jour, cependant, arriva la nouvelle qu'à Naples, les chrétiens mouraient en grand nombre. Et à ce nom de Naples, de ce vaste royaume lointain où la reine Jeanne avait une fois trouvé la fortune, les imaginations s'allumaient.

Les vendanges arrivèrent. Mais comme les marchands de la Lombardie achetaient tous les raisins sur pied et les emportaient dans les pays du Nord pour en faire des vins frelatés, l'allégresse du vin nouveau fut restreinte : les jambes des vendangeurs s'exercèrent peu à danser dans la cuve et les gosiers des femmes s'exercèrent peu à chanter les beaux airs traditionnels.

Mais quand tous les travaux de la récolte furent terminés et que tous les arbres furent dépouillés de leurs fruits, les craintes et les soupçons commencèrent à se dissiper, car, désormais, les occasions de répandre le poison se faisaient de plus en plus rares pour les « gouvernants ».

De grandes pluies bienfaisantes tombèrent sur les campagnes. Le sol, maintenant, nourri d'eau, s'amollissait par le travail de la charrue et par l'ensemencement, grâce à la douceur des soleils d'automne ; et la lune, dans son premier quartier, influait heureusement sur la vertu fécondante des grains.

Un matin, le bruit se répandit brusquement dans tout le pays qu'à Villareale, près des chênes de Don Settimio, sur la rive gauche du fleuve, trois femmes étaient mortes après avoir mangé en commun une soupe faite avec des pâtes achetées à la ville. L'indignation éclata dans toutes les âmes, et avec une véhémence d'autant plus grande que tout le monde s'était endormi dans une confiante sécurité.

— Ah ! c'est bon !... Le syndic n'a pas voulu renoncer à ses ducats... Mais, il ne peut plus rien nous faire maintenant, car il n'y a plus de fruits sur les arbres et nous n'allons plus acheter de pâtes à Pescare...

— Il joue un jeu dangereux, le syndic !

— Alors, il veut nous faire mourir ? Eh bien ! il se trompe, le pauvre bougre !...

— Et puis, où peut-il bien les mettre, ses petites poudres, maintenant ? Dans le sel, dans la pâte... Mais nous ne mangeons plus de pâte, et nous faisons essayer le sel par nos chats et nos chiens !

— Ah ! monsieur le brigand ! Qu'est-ce que nous avons fait, nous autres, pauvres diables ? Maudit soit le Christ, qui laisse se passer de pareilles choses...

Et ainsi les murmures s'élevaient de toutes parts, mêlés aux moqueries et aux outrages adressés aux hommes de la commune et aux « gouvernants ».

À Pescare, tout à coup, trois, quatre, cinq personnes du peuple furent prises par le mal. Le soir tombait et sur toutes les maisons descendait, avec l'humidité du fleuve, une grande épouvante. Dans les rues, les gens s'agitaient en courant vers le Palais Communal, où le syndic, les conseillers et les gendarmes, dans une confusion pitoyable, montaient et descendaient les escaliers, donnaient des ordres contraires, parlaient tous ensemble à haute voix, ne savaient que résoudre, où aller, que faire... Par un phénomène naturel, le trouble de l'âme gagnait le ventre.

Tous, sentant grouiller dans leurs entrailles de sourdes rumeurs, se mettaient à trembler et à claquer des dents ; ils s'examinaient les uns les autres ; ils s'éloignaient d'un pas rapide ; ils s'enfermaient dans leurs maisons. Les soupers restaient intacts.

Puis, plus tard, quand le premier affolement de la panique fut un peu calmé, des gardes commencèrent à allumer aux coins des rues, de grands feux de soufre et de goudron. La rougeur des flammes éclairait les rues et les fenêtres, et l'inutile odeur du bitume se répandait dans la ville épouvantée. De loin, comme la lune était sereine, on eût dit que les calfats, près de la mer, étaient en train de radouber la coque des bateaux.

Telle fut, à Pescare, l'entrée de l'Asiatique... Et le mal, serpentant le long du fleuve, s'introduisit dans les faubourgs de la Marine, dans ces amas de cahutes basses où vivent les marins et quelques vieillards occupés à de petites industries.

Là, les malades moururent presque tous, car ils ne voulaient pas prendre de remèdes.

Aucun raisonnement, aucun essai n'arrivaient à les décider. Anisafine, un bossu qui vendait aux soldats de l'eau anisée, quand il vit le verre contenant le médicament, serra fortement les dents et secoua la tête en signe de refus. Le médecin essaya en vain de le convaincre, il but même la moitié du liquide et, ensuite, presque tous les assistants posèrent leurs lèvres sur le bord du verre. Mais

Anisafine continuait à secouer la tête.

— Voyons, s'écria le docteur, puisque nous avons bu les premiers...

Anisafine se mit à rire d'un air moqueur :

— Ah ! ah ! ah ! Mais vous, tout à l'heure, vous allez prendre un contre-poison...

Et, peu après, il mourut.

Cianchine, un boucher, fit la même chose. Le docteur, comme dernière tentative, lui versa par force la médecine entre les dents. Cianchine cracha tout, avec colère et avec horreur. Puis, il se mit à couvrir les assistants d'invectives ; il essaya deux ou trois fois de se lever pour s'enfuir ; et il mourut rageusement, devant deux gendarmes atterrés.

Les cuisines publiques, établies grâce à l'aide spontanée de quelques personnes charitables, furent au début considérées par le peuple comme un laboratoire de poisons. Les mendiants souffraient de la faim plutôt que de manger la viande cuite dans ces marmites. Costantino di Corrópoli, répandait les soupçons dans toute la tribu des gueux. Il errait autour des cuisines, disant à voix haute, avec un geste indescriptible :

— On ne m'y prend pas, moi !

La Catalane de Grisi fut la première à vaincre la peur générale. Elle entra, un peu hésitante ; elle mangea à petites bouchées, examinant en elle-même l'effet de la nourriture ; elle but le vin à petites gorgées. Puis, se sentant toute restaurée et fortifiée, elle sourit d'étonnement et de plaisir. Tous les mendiants attendaient sa sortie. Quand ils la virent paraître saine et sauve, ils se précipitèrent vers la porte, voulant boire et manger, eux aussi.

Les cuisines étaient installées dans un vieux théâtre découvert, dans les environs de Porto-Novo. Les chaudrons bouillaient à la place de l'orchestre et la fumée envahissait la scène : à travers les tourbillons de cette fumée noirâtre, se voyait au fond un décor représentant un château féodal éclairé par la lune. Là, à midi, toute la tribu des mendiants se réunissait autour d'une table rustique. Avant que l'heure sonnât, dans le parterre s'agitait une fourmilière multicolore de haillons et s'élevait un murmure de voix rauques. Quelques figures nouvelles apparaissaient au milieu de figures déjà connues. J'aimais une certaine Liberota Lotta di Montenerodómo, qui avait une admirable tête de Minerve octogénaire, le front droit et austère, les cheveux ramenés sur le haut du crâne, comme un casque étroit. Elle tenait à la main un verre de cristal verdâtre et restait à l'écart, taciturne, attendant d'être appelée…

Mais le grand épisode de cette chronique du choléra, est la Guerre du Pont.

Une ancienne inimitié dure depuis longtemps entre Pescare et Castellamare-sur-l'Adriatique, entre ces deux villes que le beau fleuve sépare.

Les deux partis ennemis s'exercent assidûment à la lutte, par des injures et des représailles, l'une attaquant de toutes ses forces le grand développement de l'autre. Et comme aujourd'hui le commerce est la première source de prospérité, et comme Pescare est déjà très riche en industries diverses, depuis longtemps les gens de Castellamare essayent d'attirer les marchands sur leur rive, avec toutes sortes de ruses et de flatteries.

Maintenant encore, un vieux pont de bois traverse le fleuve sur de grosses barques toutes goudronnées, enchaînées et retenues par les ancres. Les cordages et les câbles s'entre-croisent artistiquement en l'air, descendant des hauts mâts plantés sur les berges jusqu'aux parapets très bas, donnant l'impression de quelque barbare attirail de guerre. Les planches mal jointes craquent sous les chars et, quand un régiment passe, toute cette monstrueuse machine aquatique oscille, tressaute et résonne comme un tambour.

Un jour, près de ce pont, naquit la légende populaire de saint Cetteo Libérateur ; et encore aujourd'hui, chaque année, le saint est conduit avec une grande pompe catholique au milieu du pont, où il s'arrête pour recevoir les saluts que lui envoient les marins des barques à l'ancre.

Ainsi, entre Montecorno et la mer, se dresse l'humble construction qui est comme un monument de la patrie : elle a presque le caractère sacré des choses très anciennes et donne aux étrangers l'idée de gens qui vivent encore dans une primitive simplicité.

La haine entre les habitants de Pescare et ceux de Castellamare se heurte encore sur ces planches vénérables, qui s'usent peu à peu sous les laborieux trafics quotidiens. Et comme c'est par là que les industries citadines se déversent dans la province et s'y répandent heureusement, avec quelle joie la partie adverse couperait les cordages et enverrait les sept bateaux royaux faire naufrage dans la mer !

Cette belle occasion, toujours si ardemment désirée, dans les temps passés comme dans les temps modernes, se présenta une fois à l'improviste avec le choléra, quand l'épidémie se déclara à Pescare ; alors, l'officier public ennemi arriva avec un grand déploiement de forces champêtres pour empêcher ceux de Pescare de passer sur la large route qui, du fleuve, s'allonge dans les terres, reliant entre eux les innombrables villages.

Le dessein de celui-ci était d'enfermer la ville rivale dans une espèce de siège, de lui enlever tout moyen de trafic à l'intérieur et à l'extérieur, d'attirer sur le marché de Castellamare les marchands et les acheteurs qui allaient sur la rive droite et, après avoir paralysé son commerce dans une inaction forcée, de sortir triomphant de cette lutte inégale. Il offrit aux patrons des *paranze* de Pescare vingt carlins par cent livres de poisson, mettant comme condition que les *paranze* viendraient décharger leur pêche sur la rive gauche et que cette convention durerait jusqu'au jour de la Nativité de Jésus.

Or, dans la semaine de Noël, le prix du poisson montait souvent à plus de quinze ducats par cent livres : donc, le piège était bien manifeste.

Les patrons refusèrent toute offre, préférant laisser leurs filets inactifs.

Alors, le parti ennemi fit répandre le bruit qu'une grande mortalité affligeait Pescare. Il essaya par des voies détournées de soulever tous les esprits de la province jusqu'à Chieti, contre la ville pacifique où le fléau était déjà disparu. Il renvoya violemment ou retint prisonniers quelques honnêtes voyageurs qui, usant d'un droit commun, prenaient la route provinciale pour se rendre ailleurs. Il posta sur la ligne frontière, de l'aube au coucher du soleil, une troupe de sbires, avec ordre d'injurier et de repousser tous ceux qui s'approchaient.

La rébellion commença alors à fermenter parmi les gens de

Pescare, devant ces injustes et arbitraires décisions, car la misère arrivait : toutes les nombreuses classes de travailleurs languissaient dans l'inaction et tous les commerçants subissaient de grosses pertes. Le choléra était disparu de la ville, il semblait vouloir aussi disparaître de la marine où seulement quelques vieillards étaient morts. Les habitants, florissants de santé, désiraient reprendre leurs besognes habituelles.

Tout un groupe de tribuns surgit brusquement : Francesco Pomárice, Antonio Sorrentino, Pietro D'Amico. Dans les rues, les gens s'agitaient, écoutaient l'ardente parole des tribuns, applaudissaient, raisonnaient, poussaient des cris. Une grande surexcitation régnait dans le peuple. Quelques-uns, très excités, racontaient l'histoire héroïque de Moretto di Claudia, lequel, pris par les sbires ennemis, enfermé dans le lazaret, retenu prisonnier pendant cinq jours sans autre nourriture qu'un peu de pain, avait réussi à s'enfuir en tuant son geôlier ; il avait traversé de nuit le fleuve à la nage et était arrivé au milieu des siens tout ruisselant d'eau, haletant, affamé, rayonnant de gloire et de joie.

Le syndic, entre-temps, en entendant le grondement précurseur de l'orage, se prépara à parlementer avec le Grand Ennemi de Castellamare.

Le syndic était un petit jurisconsulte, tout frisé, tout onctueux, avec des épaules saupoudrées de pellicules et des yeux clairs habitués aux pieux mensonges. Le Grand Ennemi, lui, était un neveu dégénéré du bon Gargantua : énorme, soufflant, tonnant, dévorant. La rencontre eut lieu sur un terrain neutre, en présence des illustres préfets de Teramo et de Chieti.

Mais au coucher du soleil, un sbire ennemi, étant entré à Pescare pour y remettre un message à un conseiller de la commune, se mit à boire d'un air arrogant dans une cantine et ensuite se promena hardiment dans la ville. Les tribuns l'ayant aperçu, coururent après lui et, au milieu des cris et des applaudissements de la foule, le chassèrent le long de la berge jusqu'au lazaret, où ils l'enfermèrent. Le soleil se couchait sur les eaux lumineuses et la rougeur guerrière du ciel grisait les âmes plébéiennes.

Alors, voici que sur la rive opposée, une bande de gens de Castellamare, sortant des roseaux et des saules, se mit à protester contre cet outrage, avec des gestes véhéments et des paroles de colère.

Les nôtres répondaient avec une égale furie, tandis que le sbire, emprisonné dans le lazaret, frappait de toutes ses forces, avec les pieds et les mains, contre la porte de son cachot et criait :

— Ouvrez-moi ! ouvrez-moi !

— Couche-toi, dors et ne t'inquiète de rien... disait la populace pour se moquer de lui.

Et quelques-uns ajoutaient cruellement :

— Ah ! si tu savais combien il est mort de gens là-dedans !... Sens-tu l'odeur ? Ne commences-tu pas à sentir grouiller quelque chose dans ton ventre ?

— Hourrah ! hourrah !...

Près du Drapeau, on voyait reluire le canon des fusils : c'était le petit syndic à la tête d'un peloton de soldats, qui allait délivrer le sbire, afin de ne pas encourir les colères du Grand Ennemi voisin.

Tout le long du chemin, du lazaret à la ville, ce fut un bruyant accompagnement de sifflets et d'injures. La bagarre continua à la lueur des torches, jusqu'à ce que toutes les voix fussent enrouées.

Après ce premier emportement, la révolte se déroula peu à peu avec de nouvelles péripéties. Toutes les boutiques se fermèrent. Tous les citadins, riches ou pauvres, se rassemblèrent familièrement dans la rue, pris d'une rage furieuse de parler, de crier, de gesticuler, de manifester de mille manières différentes une pensée unique.

Et, de temps en temps, un tribun arrivait apportant quelque nouvelle. Les groupes se séparaient, se reformaient, changeaient, variaient, selon le courant des opinions. Et comme la belle lumière du jour brillait librement sur toutes ces têtes, et comme chaque gorgée d'air donnait autant de joie qu'une gorgée de vin, les gens de Pescare sentaient se réveiller en eux leur gaieté naturelle, leur esprit moqueur et spirituel ; et ils continuaient à se révolter, mais d'une façon joyeuse et ironique, par plaisir, par dépit, par curiosité.

Les stratagèmes du Grand Ennemi se multipliaient. On ne pouvait conclure aucun accord, à cause de ses habiles temporisations que favorisait la faiblesse du petit syndic.

Le matin de la Toussaint, vers la septième heure, tandis que dans les églises se célébraient les premiers offices, les tribuns parcoururent la ville, suivis d'une foule qui grossissait à chaque pas et devenait plus bruyante. Quand tout le peuple fut réuni, Antonio Sorrentino se mit à le haranguer. Puis, la procession se dirigea en bon ordre vers le Palais Communal. Les rues étaient encore plongées dans l'ombre bleue, tandis que les maisons étaient couronnées de soleil.

Une immense clameur éclata devant le Palais. Toutes les bouches lancèrent des imprécations contre le syndic jurisconsulte ; tous les poings se levèrent dans un geste de menace ; entre chaque clameur, de longues vibrations sonores restaient suspendues dans l'air, comme produites par un instrument ; et, au-dessus de ce fouillis de têtes et de vêtements, les pans vermeils des drapeaux battaient, comme agités par le large souffle populaire.

Personne ne se montrait sur le balcon communal. Le soleil descendait peu à peu du toit vers le grand méridien tout noir de chiffres et de lignes, sur lequel les aiguilles du cadran envoyaient l'ombre indicatrice. Des nuées de colombes battaient de l'aile dans l'azur supérieur, volant du grand campanile à la Torretta des d'Annunzio.

Les cris augmentaient. Une main téméraire osa s'attaquer aux escaliers du Palais. Le petit syndic, pâle et craintif, céda à la volonté du peuple ; il laissa son siège ; il renonça à sa charge ; il descendit dans la rue, au milieu des gendarmes, suivi par les conseillers. Il sortit ensuite de la ville et se retira sur les hauteurs de Spoltore.

Les portes du Palais furent fermées. Une anarchie provisoire s'établit dans la ville. Les milices, pour empêcher la lutte imminente entre les habitants de Pescare et ceux de Castellamare, formèrent une barrière à l'extrémité gauche du pont. La plèbe, après avoir enlevé les drapeaux, se dirigea vers la route de Chieti, par où allait venir le préfet, qu'un commissaire royal avait appelé en toute hâte. Les résolutions prises semblaient féroces.

Mais la douce influence du soleil pacifia peu à peu les colères. Les femmes des environs sortaient des églises et suivaient la large voie, toutes vêtues de soies multicolores, toutes couvertes de bijoux gigantesques, de filigranes d'argent, de colliers d'or. Le spectacle de ces faces joyeuses et rubicondes comme de grosses pommes, rassérénèrent toutes les âmes. Les rires et les plaisanteries jaillirent spontanément, et la longue attente parut presque agréable.

Vers midi, l'équipage préfectoral fut en vue. Le peuple se disposa en demi-cercle pour lui fermer le chemin. Antonio Sorrentino se mit à pérorer, avec une certaine éloquence pompeuse et fleurie. Les autres, entre chaque pause de sa harangue, demandaient sur tous les tons justice contre les abus, aide, secours et prompte assistance. Deux grandes carcasses de chevaux, encore animés d'un souffle de vie, attelés à la voiture officielle, secouaient de temps en temps leurs sonnailles, montrant aux rebelles leurs gencives exsangues, avec une grimace d'ironie. Le commissaire de police qui, avec sa longue barbe blanche, ressemblait à un vieil auteur dans un rôle de druide, modérait avec de graves gestes de la main, l'ardeur belliqueuse du tribun.

Et comme celui-ci, dans sa fougue, montait à des sommets oratoires trop audacieux, le préfet se montra à la portière et profita de l'occasion pour l'interrompre. Il prononça une phrase ambiguë et timide, qui fut couverte par les cris de la populace.

— À Pescare ! à Pescare !

La voiture se remit en marche, presque soulevée par le flot humain et entra dans la ville ; mais, comme le Palais Communal était fermé, elle s'arrêta devant le commissariat. Dix représentants nommés de vive voix par le peuple, montèrent avec le préfet, pour parlementer. La foule resta en bas, dans la rue. Çà et là, éclataient des signes d'impatience.

La rue était étroite. Les maisons, échauffées par le soleil, irradiaient une tiédeur délicieuse ; et une lente mollesse émanait du ciel d'azur, des herbes enroulées autour des gouttières, des roses des fenêtres, des murs blancs, et de la renommée même de l'endroit. En effet, ce quartier avait la réputation de loger les plus belles filles de Pescare, et de génération en génération, il s'y perpétuait une tradition de beauté. Par exemple, l'immense maison de don Fiore Ussorio était un vivier d'enfants florissants et de délicieuses jeunes filles ; la façade était toute couverte de petits balcons appuyés sur de grossiers supports, dont les sculptures représentaient des mascarons grotesques.

Peu à peu, les impatiences du peuple se calmaient. Des paroles oiseuses s'échangeaient d'un bout à l'autre de la rue, entre les chefs.

Domenico di Matteo, une espèce de Rodomont rustique, plaisantait à haute voix sur l'ânerie et la cupidité des médecins qui faisaient mourir les malades pour prendre à la commune un salaire plus élevé. Il racontait quelques-unes de ses guérisons merveilleuses. Une fois, il avait une grande douleur à la poitrine et était presque à l'agonie. La soif le brûlait, car le médecin lui avait défendu de boire de l'eau. Une nuit, tandis que tout le monde dormait, il se leva doucement, chercha la cruche à tâtons, y plongea la tête et resta là à boire comme une bête de somme, jusqu'à ce que le pot fût vide. Le lendemain matin, il était guéri. Une autre fois, lui et un de ses compères, tous deux malades d'une fièvre tierce sur laquelle la quinine n'avait aucune vertu, décidèrent de faire une expérience. Ils se trouvaient au bord du fleuve et, de l'autre côté, une vigne dorée par le soleil les tentait, avec ses lourdes grappes blondes. Ils se déshabillèrent, se jetèrent dans l'eau froide, coupèrent le courant, gagnèrent la rive opposée, se régalèrent de raisins, puis revinrent à leur point de départ. La fièvre tierce disparut. Une autre fois encore, souffrant du « mal français » et ayant dépensé inutilement plus de quinze ducats en frais de médecins et de médecines, il fut pris d'une heureuse inspiration en voyant sa mère préparer la lessive. Il but l'un après l'autre six grands verres de cette eau, et il fut rétabli.

Mais aux balcons, aux croisées, aux terrasses, la belle population féminine se montrait tumultueusement. Tous les hommes levaient les yeux vers ces apparitions et restaient la face au soleil pour les admirer. Tous se sentaient la tête un peu vide et une langueur indéfinie dans l'estomac, car l'heure ordinaire du repas était déjà passée. De courts dialogues volaient de la rue aux fenêtres. Des jeunes gens envoyaient des compliments salés aux belles, et les belles répondaient par des gestes dédaigneux, en secouant la tête, ou bien elles se retiraient, ou bien elles riaient très fort. Les rires frais s'égrenaient de ces bouches pourprées comme des colliers de cristal et tombaient sur ces hommes que déjà le désir commençait à mordre. Les murs envoyaient une chaleur plus intense, qui se mêlait à la chaleur des corps serrés les uns contre les autres. La réverbération blanchâtre était aveuglante. Quelque chose d'énervant et de stupéfiant tombait sur cette cohue à jeun.

Tout à coup, sur une terrasse, apparut la Ciccarina, la belle des belles, la rose des roses, la merveilleuse pêche d'amour, celle que tous désiraient. Tous les yeux se tournèrent vers elle, avec un mouvement unanime. Elle, dans son triomphe, restait là, simple, souriante, comme une dogaresse devant son peuple. Le soleil éclairait en plein son visage dont la chair était semblable à la pulpe d'un fruit succulent. Ses cheveux avaient cette couleur châtain sous laquelle semble transparaître une flamme d'or roux et ils lui couvraient le cou, les tempes, le front, mal retenus par le peigne. Un charme aphrodisiaque naturel émanait de toute sa personne. Et elle restait là, simple, souriante, entre deux cages de merles, ne se sentant pas offensée par les convoitises qui luisaient dans tous ces regards fixés sur elle.

Les merles sifflèrent. Les madrigaux rustiques battirent de l'aile vers la terrasse. La Ciccarina se retira en souriant. La populace resta dans la rue, éblouie par la réverbération, par la vue de cette belle fille, par les premiers vertiges de la faim.

Alors, un des parlementaires se mit à une des fenêtres du commissariat et dit d'une voix tonnante :

— Citoyens, on décidera la chose dans trois heures !

LAZARE[1]

Il était debout devant la baraque, à moitié abruti, empaqueté dans un maillot sale, qui faisait des plis sur ses mollets maigres ; il regardait la campagne blême, taciturne, attristée par le squelette de quelques arbres qui se dressaient au-dessus des nuées basses, sous l'humidité chagrine du ciel ; il regardait la campagne livide et la lueur mauvaise de la faim brillait au fond de ses yeux : la baraque recouverte d'une toile alourdie par la pluie, ressemblait dans la pénombre à une énorme bête, tout en os et en peau flasque.

Il n'avait pas mangé depuis un jour ; les dernières bouchées de pain avaient été dévorées le matin même par son fils, ce petit monstre humain, au crâne chauve et enflé comme une grosse citrouille ; mais lui, il avait le ventre plus vide que la grosse caisse sur laquelle il tapait pour attirer les gens et leur faire payer un sou

---

1 Publié sous le titre : *Lazzaro,* dans *Terra Vergine,* Sommaruga, **éditeur**, Rome, 1882.

la vue de cet horrible phénomène. Mais on n'apercevait âme qui vive et l'enfant restait à l'intérieur, jeté sur un tas de vieux chiffons, ses petites jambes recroquevillées, tout en tête, claquant des dents dans le frisson de la fièvre, tandis que le fracas de la grosse caisse lui donnaient des spasmes douloureux aux tempes.

Du ciel obscur tombait une petite pluie fine, incessante, rageuse, qui s'infiltrait partout, qui pénétrait jusqu'aux moelles, qui glaçait le sang.

Le vacarme de la grosse caisse se perdait sans écho, dans la tristesse de ce crépuscule automnal ; et Lazare tapait, tapait, debout, livide, roidi, plongeant ses yeux dans l'ombre comme pour y chercher quelque chose à dévorer, tendant l'oreille entre chaque coup pour écouter si quelques cris d'ivrognes n'arrivaient pas jusqu'à lui. Il se retourna deux ou trois fois pour examiner cette ignoble guenille de chair vivante, qui haletait là par terre, et ses yeux rencontrèrent un regard de suprême douleur.

On ne voyait personne. L'ombre d'un chien déboucha d'une ruelle obscure, passa vivement devant eux la queue entre les jambes et s'arrêta derrière la baraque pour ronger un os trouvé Dieu sait où. La grosse caisse se taisait ; des rafales de vent faisaient tourbillonner les feuilles sèches, sous les chênes : puis le silence ; et dans ce silence, les grognements du chien, le ruissellement de l'eau, et de temps en temps le râle de l'enfant – un râle qui semblait, sortir d'un gosier mutilé.

ISBN : 978-3-69082-026-4

www.ingramcontent.com/pod-product-compliance
Lightning Source LLC
LaVergne TN
LVHW040105080526
838202LV00045B/3776